I0686696

TRIBUNAL CIVIL DE PREMIÈRE INSTANCE

DE L'ARRONDISSEMENT DE LOUVIERS.

M. **HOREAU**, Président;
NIELLON, Juge-d'Instruction;
ROUSSELIN, Juge;
POUYER, Procureur impérial.

PIÈCES JUSTIFICATIVES.

ENFANTS PAYSAN-LAFOSSE

Légataires universels ou héritiers institués

de Mme Ve LANCELEVÉE,

CONTRE

FILLE LEGAY

Et consorts.

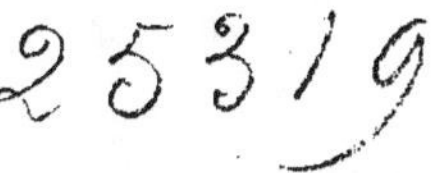

GÉNÉALOGIE.

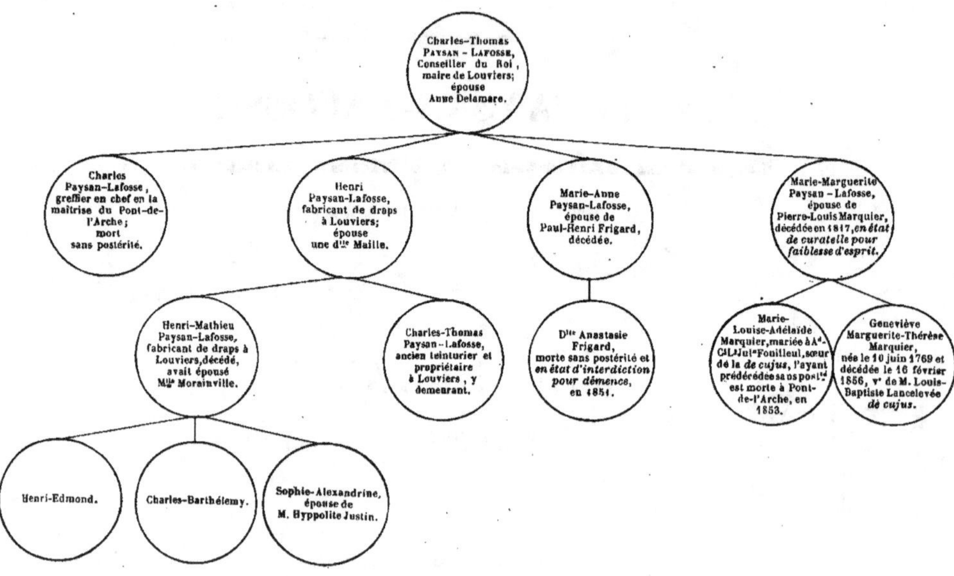
Charles-Thomas Paysan-Lafosse, Conseiller du Roi, maire de Louviers; épouse Anne Delamare.
Charles Paysan-Lafosse, greffier en chef en la maîtrise du Pont-de-l'Arche; mort sans postérité.
Henri Paysan-Lafosse, fabricant de draps à Louviers; épouse une dlle Maille.
Marie-Anne Paysan-Lafosse, épouse de Paul-Henri Frigard, décédée.
Marie-Marguerite Paysan-Lafosse, épouse de Pierre-Louis Marquier, décédée en 1817, en état de curatelle pour faiblesse d'esprit.
Henri-Mathieu Paysan-Lafosse, fabricant de draps à Louviers, décédé, avait épousé Mlle Morainville.
Charles-Thomas Paysan-Lafosse, ancien teinturier et propriétaire à Louviers, y demeurant.
Dlle Anastasie Frigard, morte sans postérité et en état d'interdiction pour démence, en 1851.
Marie-Louise-Adélaïde Marquier, mariée à Ad-Cel Ls Juln Fouilleul, sœur de la de cujus, l'ayant prédécédée sans postté, est morte à Pont-de-l'Arche, en 1853.
Geneviève Marguerite-Thérèse Marquier, née le 10 juin 1769 et décédée le 16 février 1856, ve de M. Louis-Baptiste Lancelevée de cujus.
Henri-Edmond.
Charles-Barthélemy.
Sophie-Alexandrine, épouse de M. Hyppolite Justin.

TITRE Ier.

Dispositions gratuites de Mme Ve Lancelevée, en faveur des enfants Paysan-Lafosse, préférablement à ses autres parents, d'égal dégré, et même à sa propre sœur, justifiées par le testament et la lettre suivants :

TESTAMENT. (1)

Je soussignée Geneviève-Marguerite-Thérèse-Mélanie Marquier, veuve de monsieur Louis-Baptiste Lancelevée, vivant de mon revenu, demeurant à Pont-de-l'Arche, rue de l'Église, déclare par le présent mon testament, écrit et signé de ma main, donner et léguer aux sieurs Henry-Mathieu Paysan-Lafosse, fabricant de draps, et Charles-Thomas Paysan Lafosse, teinturier, tous deux mes cousins, demeurant présentement en la ville de Louviers, l'universalité des meubles et effets mobiliers et des biens immobiliers qui se trouveront m'appartenir et dépendre de ma succession au jour de mon décès, pour par eux en jouir, à compter de mondit décès, en pleine et absolue propriété, à la charge par eux de payer dans les trois mois, à compter du jour de mon décès, savoir : en premier lieu, la somme de quatre cents francs en numéraire à dame Adélaïde Marquier, ma sœur, épouse du sieur Fouilleul, demeurant à Pont-de-l'Arche, de laquelle somme je lui fais don et legs ; en deuxième lieu, celle de mille francs aussi en numéraire, à Marie-Madeleine Legendre, ma domestique, demeurant maintenant chez moi, et en outre de faire et payer, à partir du jour de mon décès, une rente annuelle et viagère sur la tête et pendant la vie de ladite Legendre, de la somme de six cents francs payable en espèces d'or ou d'argent et non autrement, de six mois en six mois, en exemption de la retenue de toutes espèces de contributions dont du tout je lui fais don et legs; à partir du jour du décès de ladite Legendre ladite rente de six cents francs sera éteinte et de cette époque commencera à courir celle de quatre cents francs sur la tête et pendant la vie durant seulement et non au-delà, de ladite dame Fouilleul, ma sœur, si elle survit à ladite Legendre, qui lui sera payée de la manière et aux époques déterminées pour ladite Legendre. Je déclare dispenser madame Fouilleul et ladite Legendre de toutes contribu-

(1) Ce testament a été fait triple : un original est resté aux mains de Mme v[e] Lancelevée et les deux autres ont été remis à chacun des légataires.

tions à mes dettes et charges passives, voulant que lesdits Henry-Mathieu et Charles-Thomas Paysan Lafosse en soient personnellement tenus, même de l'acquit des droits de mutation à cause de décès pour raison de la généralité des legs ci-dessus; dans le cas où l'un desdits sieurs Henry-Mathieu et Charles-Thomas Paysan Lafosse viendrait à décéder avant moi, la part et portion qui lui aurait été dévolue dans l'effet du présent vertirait au profit de ses enfants s'il en avait, et, dans le cas contraire, cette même part et portion vertirait au profit de celui qui serait existant ou de ses enfants si lui-même, étant alors décédé, il en avait laissé, et auxquels, audit cas j'en fais don et legs; en ce qui regarde seulement madame Fouilleul, ma sœur, dans le présent, je déclare et ma volonté est qu'il n'aura d'effet envers elle qu'autant que mes autres légataires n'auraient pas à se plaindre de sa conduite envers eux, lors et à la suite de mon décès, qu'il lui sera interdit de se mêler en rien que ce soit des affaires de ma succession et qu'elle s'abstiendra de se présenter à la maison où la succession sera ouverte du moment où elle aura eu connaissance de mes dispositions, que surtout il lui est interdit d'élever aucune prétention soit judiciaire ou de toute autre manière, sous peine d'être exclue du bénéfice des dispositions contenues dans le présent, en sa faveur.

Je déclare que toutes dispositions que j'aurais pu prendre avant le présent mon testament, demeurent nulles et de nul effet.

Telles sont mes intentions, et dernières volontés.

Fait à Pont-de-l'Arche, dans la maison que j'habite, ce trente mars, mil huit cent vingt-quatre.

MARQUIER veuve LANCELEVÉE. (1)

LETTRE.

Paris, le 15 septembre 1842.

MA BONNE COUSINE,

J'espère que je tiens ma promesse, et qu'aussitôt à Paris je m'empresse de t'écrire. Nous sommes arrivés en bonne santé et sans accident. Ma femme est partie en

(1) D'après un modèle de testament olographe, en date du 5 janvier 1834, écrit de la main d'un sieur Marabot, maître clerc de Me Ducôté, notaire, alors à Pont-de-l'Arche, et offrant un renvoi porté en marge, de l'écriture de celui-ci (10e pièce, cote 1re de l'inventaire fait au décès de madame Lancelevée), cette dame avait eu le projet, non suivi d'exécution, d'appeler les enfants de M. Henri-Mathieu Paysan Lafosse, après la mort de leur père, en concurrence et par tête, avec leur oncle Charles-Mathieu.

course pour s'occuper de tes petites commissions; elle me charge de te souhaiter le bonjour, et je me joins à elle pour te remercier bien vivement de l'excellent accueil que tu nous as fait; il est impossible d'avoir été aussi aimable que tu l'as été pour nous : je n'ai pas besoin de te dire combien nous en sommes reconnaissants.

Tu peux compter sur moi pour le 24 novembre prochain, et d'ici là tu auras de nos nouvelles puisque nous aurons à t'envoyer tes commissions.

Adieu, ma bonne cousine, et crois-nous toujours, ma femme et moi, tes dévoués cousins,

H. LAFOSSE.

Nota. — Cette lettre est revêtue du timbre de la poste.

TITRE II.

Joyaux et dentelles ayant appartenu à Mme Lancelevée.

JOYAUX.

Contrat de mariage des époux Lancelevée du 31 *décembre* 1783.

— Cote 1re, pièce 1re, de l'inventaire.—

La future épouse remportera par préciput, en cas de survie, les habits, linges et hardes à son usage, en essence, avec sa chambre et son lit, en l'état qu'elle sera meublée, ou pour et au lieu de ladite chambre garnie, la somme de 1,600 liv. à son choix, et en outre ses bagues et joyaux avec l'argenterie marquée en son nom, ou pour et au lieu d'iceux, la somme de 1,600 liv., aussi à son choix.

Acte authentique de non communauté, *en date du* 16 *mars* 1817, *fait entre madame veuve Lancelevée et sa mère, venant habiter chez elle après la mort de leur mari et père.*

—Cote 1re, pièce 4e, de l'inventaire.—

Madame veuve Marquier apporte dans la maison de madame veuve Lancelevée, sa fille, savoir... 12 couverts d'argent à filet avec chiffres, 4 cuillers à ragoût, 6 cuillers à café, aussi d'argent à filet avec chiffres, une montre à boite d'or, à répétition, deux chaînes, deux cachets, deux clefs en or, une petite tabatière d'or, une paire de bracelets élastiques en or avec médaillon, quatre bagues en or montées en pierreries, et quatre épingles aussi en or...

Modèle d'acte de nantissement requis par madame veuve Lancelevée, de la veuve Fouilleul, sa sœur, et refusé d'abord *par celle-ci, sans doute, comme une exigence trop rigoureuse.* (1)

Les soussignées : dame Marguerite-Thérèse-Geneviève-Mélanie Marquier, veuve de M. Lancelevée, et dame Adélaïde Marquier, épouse civilement séparée de biens du sieur Fouilleul, demeurant à Pont-de-l'Arche, ont fait et arrêté entre elles ce qui suit

Ladite dame Fouilleul se reconnaît par le présent débitrice envers ladite dame Lancelevée, sa sœur, d'une somme de trois cents francs pour argent prêté; laquelle somme ladite dame Fouilleul s'oblige rendre et payer à ladite dame Lancelevée à son domicile, à toutes réquisitions. Et pour garantie de ce prêt, ladite dame Fouilleul a remis en gage à ladite dame Lancelevée, qui le reconnait, trois cuillers et trois fourchettes à bouche, en argent; ces cuillers et fourchettes marquées chacune des lettres L. M. ; deux cuillers à ragout, à filet, aussi en argent, marquées chacune d'un chiffre et lettre M. ; une petite boite d'or de forme ronde, le dessus de la boîte représente la lune; et six petites cuillers d'argent, à filet, marquées chacune aussi de la lettre M. Lesdits objets resteront aux mains de ladite dame Lancelevée, audit titre de gage, jusqu'à parfait paiement par ladite dame Fouilleul de ladite somme de trois cents francs qui ne produiront pas d'intérêts.

A Pont-de-l'Arche, le etc.

Au dos de ce projet de nantissement écrit par madame Lancelevée, on lit, tracées de sa main, les lignes suivantes :

Modèle de quittance présenté à madame Fouilleul par madame Lancelevée, que madame Fouilleul n'a pas voulu accepter.

---

(1) Déjà Madame veuve Lancelevée avait strictement obtenu de sa sœur, le 27 mai 1820, un premier nantissement d'objets pareils, pour l'assurance d'une somme de 600 francs, qu'elle restait lui devoir. et qu'elle lui remboursa le 14 février 1821. — (Cote 1re, pièce 5, de l'inventaire).

Acte d'abandon de plusieurs des mêmes objets, après avoir été finalement donnés en gage.

Je soussignée reconnais donner main-levée à madame Lancelevée des objets ci-désignés : de trois couverts d'argent, de deux cuillers à service, de six cuillers à café et une boîte en or suivant l'estimation qui en a été faite entre nous, pour la remplir de la somme de trois cents francs que je lui devais; desquels objets, à dater de ce jour elle est libre d'en faire et disposer à sa volonté, suivant l'usage qui lui conviendra, sans que je puisse lui rien répéter ni quiconque après moi.

A Pont-de-l'Arche, ce vingt-six mars 1826.

MARQUIER-FOUILLEUL.

Facture.

Rouen, ce 18 janvier 1811.

Vendu par madame veuve Delarue, orfèvre, ce qui suit, savoir :

Une petite tabatière en or, montant à. . . .	160 fr.
Une montre de hasard, à répétition, à taque .	240
Une chaîne double maillon, forte.	105
Une dite à deux branches.	65
Un cachet et la clef pareille	47
Une *idem*.	45
	658

Reçu le montant pour solde,

Payé 650 Rouen, ce 22 janvier 1811.

Ve DELARUE.

— Voir 3e liasse. Cote 20e de l'inventaire Lancelevée, 1re pièce. —

Renseignement sans date de la main de madame Lancelevée.

Montre à boîte d'or.	108 fr.
Chaîne de la montre (moins forte).	60
Autre chaîne (plus forte).	84
Boîte d'or	84
Bracelets en or.	24
Chaque cuiller à café. 5 fr, au nombre de six	30

—Voir 3e liasse.—

Quittance.

Une petite cafetière d'argent.	70 fr.
Une paire de *bracelets*.	135
Chaîne de cou, avec cadenas	75
	280
Reçu de vieux or pour . . .	250
Reste à payer	30

Au dos de cette note, il est écrit, de la main de madame Lancelevée :

Reçu de bijoux achetés à Paris en 1824.

—Voir 3e liasse.—

DENTELLES.

Note de commission.

Madame Félix, blanchisseuse de dentelles, demeurant à la dernière petite rue de la Halle, à gauche en montant, à Louviers.

Mad., vous remettrez au porteur mes dentelles.

Signé LANCELEVÉE.

—Voir 3e liasse.—

Quittance de Blanchisseuse.

Le 6 novembre 1822, livré 3 aunes et demie de point blanchi en neuf et raccommodé	3 liv.	12 s.
2 aunes de dentelles à dents, et raccommodées.	1	10
2 aunes de maline à demi neuve et raccommodée.	1	5

Reçu le montant.

Fe MEUNIER.

Le 10 janvier 1825.

—Voir 3e liasse.—

TITRE III.

Extrait d'inventaire par suite du décès de Madame veuve Lancelevée, arrivé le 16 février 1856, et de levée de scellés, (séances des 14, 18 et 23 avril 1856)

Pages.	Recto ou verso	
2 4	V° R°	Protestation de la part des légataires universels, contre la prétendue qualité d'exécuteur testamentaire invoquée par M. Auger, et de prétendus testaments olographes en date des 15 avril et 8 mai 1852, au profit des deux servantes de la défunte, et de celui-ci; les écritures et signatures de ces pièces n'étant point reconnues comme émanant d'elle.
12	R°	Mention d'un crucifix en bois et plâtre, de la moindre valeur, suspendu à la muraille de la chambre à coucher de Mme Lancelevée.
12	R° et V°	Mention également de deux portraits de famille dans leurs cadres dorés, se trouvant dans cette chambre, l'un paraissant représenter madame Justin, et l'autre monsieur Henri Lafosse, son frère.
12	R° et V°	Constatation du vide absolu des trois tiroirs de la commode placée dans le même appartement.
15	V°	Découverte d'un seul bout de dentelle insignifiant, de couleur noire.
18	R°	Réunion de trois matelas et d'un lit de plumes, indépendamment des autres accessoires, sur la couche de la veuve Dévreux, l'une des servantes, et dans la chambre occupée par elle.
»	»	Présence dans la chambre de l'autre servante, Elisabeth Legay, de deux rideaux accrochés à la couronne de son lit, semblables à la frange restée isolément au haut de l'alcove du lit de Mme Lancelevée; et d'un très beau christ en ivoire, sur une croix en bois, adaptée à un cadre doré, objet d'art ne pouvant faire partie, à cause de sa valeur, de l'ameublement d'une chambre de domestique, selon les héritiers, ayant consigné à cet égard sur le procès-verbal, des protestations et des réserves.

Pages.	Recto ou verso	
20	R°	Description d'une garde-robe, estimée à 32 fr. seulement.
24	R°	Circonstance équivoque, de 4 couverts en argent, démarqués.
26	R°	Représentation par M. Auger, de tous les titres actifs et de propriété de Madame Lancelevée, d'un cahier de recettes et d'un billet de 4,000 fr. productif d'intérêts à 4 0/0, souscrit par le frère de celui-ci, le 4 décembre 1854, exigible en 1857.
50	V°	Retrait de l'armoire de la fille Legay, de 320 fr. en argent, à elle remis, mais sous réserves, et de mouchoirs et serviettes ayant porté les lettres M L (c'est-à-dire la marque de madame Lancelevée) remplacées par les lettres F L (marque de cette servante) par suite protestations des héritiers.
52	R° et V°	Mise en dépôt aux mains de Me Durand, notaire, de 176 pièces paraphées par Me Cheuret, son collègue, à la demande expresse des légataires universels, quoique trouvées en la possession de la fille Legay, mais pouvant fournir d'utiles renseignements.
53	V°	Réserves générales et spéciales des héritiers, notamment pour déficit de *linges et hardes*, *de capitaux importants*, *de riches dentelles*, *de bagues en or*, *de bracelets et d'une chaîne aussi en or* (chaîne à laquelle avait été dérisoirement substituée une *chaîne* neuve et brillante en *cuivre*): Protestations contraires de la fille Legay.

TITRE IV.

Chose jugée.

Arrêt de la Cour d'assises d'Evreux du 18 *novembre* 1856.

Vu la décision du jury intervenue dans le procès criminel suivi contre la nommée Marie-Madeleine-Flore Legay, âgée de cinquante-cinq ans, femme de confiance, née à Rouen, demeurant à Pont-de-l'Arche.

Attendu qu'il en résulte que ladite fille Legay est déclarée coupable:

1° D'avoir, à Pont-de-l'Arche, depuis le 10 mai 1846, jusque dans le courant de la présente année, et à diverses reprises, soustrait frauduleusement une certaine quantité d'objets mobiliers et différentes sommes d'argent au préjudice de la dame veuve Lancelevée, et d'avoir commis cette soustraction frauduleuse alors qu'elle était la domestique de ladite dame veuve Lancelevée.

2° D'avoir, à Pont-de-l'Arche, depuis le 10 mai 1846, jusque dans le cours de la présente année et à diverses reprises, détourné ou dissipé au préjudice de la dame veuve Lancelevée certaines sommes d'argent appartenant à celle-ci, et qui n'avaient été remises à ladite fille Legay qu'à titre de mandat ou de dépôt, à la charge de les rendre ou représenter ou d'en faire un usage ou un emploi déterminé, et d'avoir commis ces détournements alors qu'elle était la domestique de ladite dame veuve Lancelevée.

Attendu qu'il résulte aussi de cette décision que le jury a admis des circonstances atténuantes en faveur de la fille Legay.....

La Cour la condamne à la peine de quatre années d'emprisonnement, et par corps, au remboursement des frais du procès envers l'État.

TITRE V.

Chambres en ville (à Evreux et à Dreux) à l'usage de la fille Legay.

Quittance de loyers.

Je reconnais avoir reçu de mademoiselle Elisabeth Legay, 30 francs pour loyers échus jusqu'à ce jour, d'une chambre située à Evreux, rue Saint-Louis. Dont quittance. A Evreux, ce 29 mars 1849.

A. CHAMPION.

— Voir 4e liasse, 5e pièce. —

Lettre.

Dreux, le 20 octobre 1852.

BONNE AMIE,

Je ne vous ai pas écrit plus tôt, je voulais vous placer votre petit ménage dans ma chambre. J'ai fini de ranger tout ; je vous assure que votre lit a besoin de prendre l'air, il sent le remuque, et votre pauvre linge n'est pas blanc : je vous blanchirai tout cela au printemps. Le tout est bien vermoulu et chani : le lit et le buffet, je les passerai à l'encaustique, quand je serai un peu reposée de tout cela. Nous avons cassé une chaise et un bol, voilà tout. J'ai serré tout cela pour quand vous viendrez me voir : tout est dans ma chambre. Je vous remercie du beurre ; je vous envoie un poulet et deux perdrix : vos poires, ma bonne mère les a trouvées très bonnes.

Votre amie, Esther DESCHAMPS.

Reconnaissance.

Je reconnais avoir dans ma chambre, appartenant à mademoiselle Flore Legay, un lit tout monté, y contenant trois matelas, un lit de plumes, trois oreillers carrés, un traversin, une couverture de coton, une en laine, un édredon et tour de lit en flèche, un buffet, deux tables rondes, deux de nuit, quatre chaises, une petite table de cuisine, une malle et un panier contenant des ustensiles de cuisine, une passoire et un filtre et un moulin à café, dont je me sers, qui sont dans la cuisine de ma mère. Je déclare ici que la commode qui est dans ma chambre lui appartient. Je désire que si je viens à mourir, que tout lui soit rendu. Le buffet est plein de linge, draps et autre linge de ménage. Le tout lui appartient et que le tout lui soit rendu. Mon frère sait bien que tout cela lui appartient.

Esther DESCHAMPS.

D'après l'enveloppe, timbrée de la poste, la date est, le 11 avril 1855.

TITRE VI.

Revenus de Madame Lancelevée.

Les revenus de madame Lancelevée consistaient dans :

1° Une rente viagère créée par M. Lancelevée avec la condition de reversibilité sur la tête de sa femme, pour. . . . . 1500 fr.

2° Dans une rente viagère de. 300

créée par elle-même, suivant acte authentique de vente d'immeubles, aux sieurs Cavelier, en date du 5 prairial an XI (cote 9e de l'inventaire);

A reporter. . . . . 1800 fr.

Report . . . . . . 1800 fr.

3° Une rente viagère de. 1500
créée par la dame Marquier, mère de madame Lancelevée, avec condition de reversibilité au profit de celle-ci, par acte authentique de vente d'immeubles à M. Dubosc, propriétaire à Vernon, en date du 8 février 1815 (cote 10ᵉ de l'inventaire).

4° Une rente perpétuelle de 150
due par M. Postel ancien juge de paix au Neubourg, et créée par acte notarié du 5 avril 1810, revalidée le 17 mars 1840, rente appartenant à madame veuve Lancelevée pour moitié en toute propriété, et en usufruit seulement, pour l'autre moitié, indivisement avec les enfants Lafosse (cote 15ᵉ de l'inventaire).

5° Un fermage annuel d'héritages ruraux, loués à un sieur Letellier, moyennant. 280

6° Un fermage de biens exploités par un sieur Godet, moyennant une faisance en blé ayant produit parfois 240 fr., et le plus ordinairement un minimum de. 220

7° Un fermage de terre en labour, que faisait valoir un sieur Lepic, moyennant. 400

8° Les intérêts d'un capital de 6,000 fr. placé par madame Lancelevée sur simple reconnaissance, le 8 mars 1846, avec l'entremise de feu Mᵉ Delaporte notaire, à M. Lallemand, médecin à Pont-de-l'Arche, remboursable et remboursé avec intérêts à 5 pour 0|0, en deux fractions égales, les 8 mars 1847, et 15 septembre 1848; intérêts annuels, ci . . 300

Total . . . . . 4450 fr.

Les 4,000 fr. prêtés par madame Lancelevée, le 26 octobre suivant, selon acte devant le même notaire, à M. Lehodey, juge de paix à Pont-de-l'Arche, sur hypothèque, et à 5 pour cent, remboursés le 27 octobre 1852, provenaient apparemment des 6,000 fr. rendus par M. Lallemand; la différence étant restée en dépôt en l'étude de Mᵉ Delaporte, comme il résulte d'annotations en chiffres, de la main de M. Auger, et d'une mention au crayon se trouvant au pied d'un mémoire de frais et honoraires dûs par madame Lancelevée, et acquittés par celui-ci, en qualité de mandataire de madame veuve Delaporte, le 6 octobre 1849. (Cote 8, pièce 10 de l'inv[re].)

Au décès de mademoiselle Anastasie Frigard, le 7 août 1851, madame veuve Lancelevée, recueillit, pour sa part héréditaire dans la succession de celle-ci, par l'effet de la liquidation et du partage devant Me Cheuret, notaire à Louviers, en date du 28 octobre suivant (Cote 12e de l'inv[re]), et de la réalisation des prix de ventes d'immeubles, une somme importante, savoir :

En une créance sur le sieur Préhu, principal,. . . .	2000 fr.	4082
En une autre créance sur M. Justin, *id.*	2000	
Intérêts	82	
En fractions de prix de biens fonds aliénés, reçues en 1851, 1852, 1853 et 1855		4305
Intérêts réservés		
Total		8387

Ce capital augmentait proportionnellement le revenu de madame Lancelevée, indépendamment de ses autres ressources non constatées, et du fruit de ses économies.

TITRE VII.

Principales charges, néanmoins légères, du modeste ménage de Madame veuve Lancelevée.

Bail à vie.

— Cote 3e de l'inventaire. —

Par acte sous seing privé, en date du 11 mars 1839, enregistré, madame veuve Lancelevée tenait à loyer, sa vie durant, de M. Pierre-Jacques Quesnay, propriétaire, demeurant à Elbeuf, la maison qu'elle habitait à Pont-de-l'Arche, et où elle est décédée, moyennant un prix annuel de 250 fr.

Relevé du registre de boucherie.

— Cote 6e, pièce 2e de l'inventaire. —

1re page.	Du 15 mai au 8 août 1854.	96 liv.			
	Payé 9 août *id.*			65 fr.	20 c.
2e *id.*	Du 12 août au 11 novembre.	109		71	35
3e *id.*	Du 15 novembre au 10 février 1855.	125		87	50
4e *id.*	Du 17 février au 5 mai.	71	5	49	85
				273	90

1855 5e page.	Du 10 mai au 11 août	95 liv. 5	71	70
	Du 13 août au 10 novembre	75 1/2	55	85
	Du 13 novembre au 2 février.	89	60	25
	Du 9 février au 17.	24	15	80
			203	60

En résumé, la dépense moyenne est d'environ 60 à 65 francs par trimestre, ou de 240 à 260 fr. par an.

Relevé du livre d'épicerie.

— Cote 6e, 2e pièce de l'inventaire. —

1852.	Novembre, 6, au 28 janvier 1853.	77 fr.	60 c.
	1er février 1853 au 30 avril	60	30
	2 mai au 28 juillet.	80	66
	30 juillet au 2 novembre	79	41
	3 novembre au 26 décembre.	62	64
		360	61

1854.	2 janvier au 29.	34 fr.	76 c.
	1er février au 30 avril.	80	16
	3 mai au 17 juillet.	74	38
	27 juillet au 29 octobre.	100	60
	9 novembre au 29 décembre.	64	87
		354	77

		fr.	c.
1855.	6 janvier au 28.	17	46 c.
	1er février au 29 avril.	87	60
	2 mai au 31 juillet.	67	14
	3 août au 8 novembre	109	41
	8 novembre au 31 décembre	69	80
		350	87
1856.	3 janvier au 30.	15	16
	1er février au 26 avril.	56	86
		72	02

En résumé la dépense moyenne était d'environ 350 fr. par an.

Chauffage.

En l'année 1852, la dépense de chauffage était, d'après la 30e pièce de la cote 8e de l'inventaire, de . . . . 310 fr.

En l'année 1854, d'après la 43e pièce de la même cote, de 288

En l'année 1855, d'après la 46e pièce de ladite cote, de 303

En moyenne, 300 fr. environ, par an.

Secours à la dame veuve Fouilleul.

Je soussignée, reconnais avoir reçu de madame veuve Lancelevée la somme de 40 fr. pour nourriture de sa sœur.

Pont-de-l'Arche, le 4 juin 1855.

Signé, pour ma mère, Félicité OUIN.

— Cote 8e, pièce 37e. —

Note unique de la main de madame veuve Lancelevée, relativement à la dépense de son ménage.

— Cote 20e, pièce 8e. —

Payé le 14 août 1845.

Donné à Elisabeth, pour la dépense, 22 liv. 5 sous.

Donné à Elisabeth, pour la dépense, 16 liv. 5 sous, le 26 août 1845.
A Elisabeth, le 2 septembre, donné pour la dépense, 21 liv. 5 sous.
Donné pour la dépense, à Elisabeth, 20 liv. 5 sous, le 9 septembre, etc.

TITRE VIII.

Administration de FAIT, de la fortune de Mme veuve Lancelevée, et à titre de MANDAT par procurations authentiques, les unes spéciales, l'autre générale, suivies de décharges notariées.

ADMINISTRATION *DE FAIT.*

Cahier de recettes des revenus, principalement.

— Cote 19e, pièce unique de l'inventaire. —

Il commence au 25 novembre 1837, et contient quelques mentions de la main de madame veuve Lancelevée, dont la dernière, du 25 juillet 1840.

A partir du 9 février 1851, il est entièrement écrit de la main de M. Auger, en 75 articles, tous énonciatifs des sommes payées, sauf 4 concernant *des intérêts Auger*, des 10 décembre 1853, 17 juin, 10 décembre 1854, et 2 janvier 1856, laissés dans le vague et indéterminés; les autres offrant une recette totale de 49,848 fr. 70 c.

Ces réticences, quatre fois répétées, contrastent étrangement avec d'autres mentions explicites, pour des choses analogues, telles que les suivantes :

18 novembre 1851. Reçu de M. Lehodey 200 fr. pour l'année échue du 20 octobre 1851 de l'intérêt d'un *capital de* 4000 fr. . .		200 fr.
4 septembre 1852, madame Lancelevée a reçu de M. Justin . . .		85
18 mars 1855. Madame Lancelevée a reçu de M. Justin :		
1° Montant d'un billet sur lui.	1000 fr.	1050
Six mois d'intérêts du billet	25	
Six mois du premier janvier 1855, d'un autre *capital de* 1000 fr	25	

Au contraire, mystérieusement, et comme pour cacher l'importance du capital placé aux mains du sieur Auger, frère de l'inscrivant, celui-ci, non-seulement s'abstient de le chiffrer, ainsi que les capitaux dûs par MM. Lehodey et Justin ; mais même, il a garde d'en préciser le taux de l'intérêt, afin d'empêcher de remonter de l'un à l'autre. Il consigne chaque fois, tout uniment sur le livre :

10 décembre 1853, Madame Lancelevée a reçu de M. Auger les intérêts échus dudit jour.

17 juin 1854, Madame Lancelevée a touché de M. Auger les intérêts échus du 10 courant

10 décembre 1854, M. Auger a payé les intérêts échus de ce jour.

2 janvier 1856, reçu de M. Auger les intérêts qu'il doit à madame Lancelevée.

Bien plus, le registre porte cette autre mention :

17 septembre 1855. Reçu de M. Auger, imputable sur le capital . . . 200 fr.

Le capital est nommé, mais non dévoilé. N'y a-t-il pas partout là, plus que des omissions involontaires ?

A l'inventaire, ainsi qu'on l'a observé plus haut, titre 3, M. Auger huissier, a représenté, entre autres pièces, un billet de 4,000 fr. souscrit par son frère au profit de madame Lancelevée, le 4 décembre 1854, exigible en 1857, pour argent prêté à 4 pour 0|0, c'est à dire souscrit alors qu'il était déjà le débiteur de madame Lancelevée depuis au moins deux ans, puisqu'il lui avait soi-disant payé des intérêts le 10 décembre 1853, d'après l'énonciation du registre des recettes.

D'un autre côté, le billet produit serait resté de 4,000 fr. malgré l'à-compte de 200 fr. donné sur le capital, le 17 septembre 1855, selon l'indication du même livre. Que de contradictions !

Nouvelle inconséquence de M. Auger : malgré la sauve-garde, infaillible, d'après lui, de décharges multiples, il conservait les titres de madame Lancelevée, et notamment le billet de 4,000 fr. dont il n'avait aucun besoin ! Il détient encore d'autres pièces qui lui appartenaient, ne serait-ce que les lettres écrites par Me Cheuret, et celle relative à la rente Pestel, dont il parle dans ses conclusions.

Au reste, la représentation du billet de 4,000 fr. devait peu lui coûter, par l'espoir conçu de la reprise de sa valeur intégrale, au moyen du prétendu testament olographe de madame veuve Lancelevée en faveur des deux servantes, la fille Legay et la veuve Dévreux, en date du 15 avril 1852, placées, à les en croire, sous l'égide d'un exécuteur testamentaire Me Auger huissier, investi de cette fonction rémunérée, par autre prétendu testament olographe en date du 8 mai suivant.

Le cahier dont il s'agit, présente encore ceci d'assez remarquable : Me Auger y emploie uniformément, du commencement de sa gestion constatée (9 février 1851), au 25 novembre suivant, inclusivement, en dix articles, la formule personnelle : « *Reçu des frères Godet.... reçu de M. Letellier.....* » observant « *que dans le courant d'avril, madame Lancelevée a reçu de M. Petel* 150 *fr*.... etc.» A partir de cette dernière date, contemporaine de son immixtion dans les affaires de la succession Anastasie Frigard, en vertu des procurations obtenues par lui, à cet effet, de madame veuve Lancelevée, il change de formule, et jusqu'au 8 novembre 1854, sans exception (sauf une seule), 43 fois, il emploie cette autre formule relative : « *madame Lancelevée a reçu.....* etc. ». Puis, devenu mandataire général de madame Lancelevée, en vertu d'une procuration authentique du 9 novembre 1854, il adopte invariablement jusqu'à la fin, c'est-à-dire jusqu'au 13 novembre 1856, inclusivement, une troisième formule différente des autres et ainsi conçue ; « *M. Dubosc de Vernon, a payé....,* » et ainsi de tous les autres débiteurs.

Ces variations seraient-elles l'effet du hazard ? on le croira difficilement.

La preuve que réellement, nonobstant le premier changement de formule, à une date suspecte, Mᵉ Auger n'était pas le simple scribe de madame Lancelevée, consignant pour elle, sur un cahier de notes, les paiements qui lui étaient faits avant la procuration générale citée plus haut, mais qu'il encaissait et donnait quittance comme homme d'affaires comptable ; cette preuve résulte des pièces suivantes :

Reçu de M. Pestel 150 fr. pour l'année échue du premier courant, de la rente qu'il doit à madame veuve Lancelevée, de Pont-de-l'Arche. Dont quittance.

Pont-de-l'Arche, le premier avril 1853.

Pour madame veuve Lancelevée, AUGER.

Reçu de M. Pestel 150 fr. pour l'année échue du premier courant de la rente qu'il doit à madame Lancelevée. Dont quittance.

Pont-de-l'Arche, ce 10 avril 1854.

Pour madame veuve Lancelevée, AUGER.

Sous le titre emprunté de mandataire de la même, pour recevoir ses revenus, alors qu'il n'avait encore aucune procuration l'y autorisant, il touchait encore pour elle, le 8 novembre 1854, des fonderies de Romilly, un quartier de rente viagère, ou 370 fr., comme on le verra bientôt par la correspondance du directeur de cet établissement.

ADMINISTRATION A TITRE DE *MANDAT*,

Par procurations authentiques, les unes spéciales, l'autre générale, suivies de décharges notariées.

Procurations authentiques spéciales.

Plusieurs procurations spéciales ont été données devant Mᵉ Durand, notaire à Pont-de-l'Arche, par madame veuve Lancelevée.

La première, le 21 août 1851, à M. Croizé, clerc de Me Cheuret, notaire à Louviers, ainsi conçue :

De pour elle et en son nom, recueillir la succession de la demoiselle Frigard ;

En conséquence, requérir toutes appositions de scellés, etc.

La deuxième, le 19 septembre 1851, à Me Auger, huissier, dans les mêmes termes, précédés et suivis de deux additions ainsi conçues :

L'une au commencement,

Révoquant tous pouvoirs et procurations quelconques par elle précédemment donnés à telles personnes que ce soit et notamment la procuration reçue par le notaire soussigné, le 21 août dernier.

L'autre à la fin :

Par ces présentes, Mme Lancelevée s'oblige à payer à Me Auger, son mandataire, outre tous ses débours, frais et voyages, correspondance et autres, tous honoraires qui pourront être dus.

La troisième, le 22 novembre 1851, pareillement à Me Auger, ainsi conçue :

Pour vendre de gré à gré ou par adjudication..... tout ou partie des immeubles appartenant à la comparante et à ses co-propriétaires (co-héritiers dans la succession de la demoiselle Frigard), composant le lot qui leur est échu en commun par le partage en date du 28 octobre dernier, devant Me Cheuret, notaire à Louviers ; ces immeubles situés dans le canton du Neubourg.

La quatrième, le 17 janvier 1854, aussi à Me Auger, ainsi conçue :

A l'effet de donner main-levée partielle et définitive, et désistement d'hypothèque, avec ou sans paiement, de l'inscription prise le 22 août 1849, pour 3,000 fr., capital d'une rente de 150 fr. due par M. Pestel, ancien juge de paix au Neubourg.

Accepter tous transferts d'hypothèques, et convenir du mode et de l'époque du remboursement de la rente dont s'agit (1).

---

(1) En vertu de cette procuration, Me Auger souscrivit avec M. Pestel, le 19 janvier 1854, devant Me Lemenu, notaire au Neubourg, au sujet de cette rente (dont cependant la moitié appartenait en nue-propriété aux enfants Lafosse qui n'avaient pas été consultés), un acte par lequel, la translation d'hypothèque eut lieu, mais à la condition de l'engagement par lui pris, « du rembourse- » ment de la rente, dans le délai de cinq ans, dudit jour, en réservant toute fois, d'anticiper sa » délibération, en prévenant trois mois d'avance. »

***

Procuration authentique générale.

La procuration générale dont on va parler, fut donnée par madame veuve Lancelevée, devant Me Durand notaire, à Me Auger huissier, dans une circonstance particulière, établie par deux lettres, entre les dates desquelles elle intervint.

Lettre du gérant de la société anonyme des Fonderies de Romilly.

Romilly, 8 novembre 1854.

Monsieur Auger, huissier à Pont-de-l'Arche,

Vous m'avez fait présenter ce matin une quittance de francs 570, 65 donnée par vous, Monsieur, comme porteur de procuration de madame Lancelevée, je l'ai fait payer.

Mais d'après des instructions générales de l'administration, aucun paiement n'est fait dans nos caisses à un porteur de procuration, sans qu'il ne dépose une expédition de cette procuration, et dans le cas présent cette prescription est d'autant plus rationnelle que nous payons pour une société en liquidation qui pourra nous demander la justification de nos paiements.

Je vous prie donc, Monsieur, de m'adresser une expédition de votre procuration.

Recevez mes salutations sincères, (Signé.)

9 *Novembre* 1854. — *Procuration par* Mme LANCELEVÉE *à* Me AUGER *devant* Me DURAND, *notaire,*

De pour elle et en son nom, toucher et recevoir, de qui il appartiendra, toutes sommes généralement quelconques qui sont ou pourront être dues à la constituante, n'importe à quel titre, tant en capitaux, qu'intérêts, arrérages de rentes, loyers et fermages.

Payer toutes celles que la comparante pourra devoir n'importe pour quelle cause.

Faire toutes transactions....... cessions........

Donner toutes quittances.... main-levées..... assigner, compromettre, etc.

Lettre du gérant de la société anonyme des Fonderies de Romilly.

Romilly, 14 décembre 1854.

Monsieur Auger, à Pont-de-l'Arche.

J'ai reçu en temps, Monsieur, votre lettre du 12 novembre par laquelle vous me remettez l'extrait de la procuration que vous a donnée madame Lancelevée, je vous en remercie.

Décharges.

Plusieurs décharges ont été fournies par madame veuve Lancelevée à Mᵉ Auger, devant Mᵉ Durand, notaire;

La première, le 5 mai 1852, à l'occasion :

.... Des deux procurations qu'elle lui a données, suivant actes des 19 septembre et 22 novembre 1851.

Reconnaissant qu'il lui a rendu bon et fidèle compte de toutes sommes généralement quelconques que ledit sieur Auger a touchées pour elle jusqu'à ce jour, en vertu des deux procurations, soit pour intérêts de capitaux, arrérages de rentes, capitaux, prix de ventes de meubles et d'immeubles, soit pour toute autre cause, le tout dépendant de la succession de mademoiselle Marie-Anastasie Frigard, cousine de la comparante et dont cette dernière est heritière pour partie.

En conséquence, Mᵐᵉ Lancelevée quitte et décharge Mᵉ Auger de toutes sommes ainsi touchées, ainsi que de toutes choses relatives à l'exécution desdits mandats.

La deuxième, le 30 novembre 1852, dans les mêmes termes, sauf remplacement du dernier paragraphe, par le suivant, d'une grande importance :

De plus Mᵐᵉ Lancelevée reconnaît que Mᵉ Auger lui a rendu bon et fidèle compte de *tous dépôts* qu'elle aurait pu lui faire jusqu'à ce jour.

Dont décharge du tout sans aucune réserve.

La troisième, le 6 septembre 1853, semblable à la première, avec son dernier paragraphe de moins, et l'addition suivante, de plus.

Dont décharge sans réserve.

La quatrième, le 3 janvier 1855, ainsi conçue :

Que Mᵉ Auger, son mandataire, en vertu de la procuration qu'elle lui a donnée par acte reçu en minute par le notaire soussigné, le neuf novembre dernier, lui a rendu bon et fidèle compte de toutes les sommes généralement quelconques qu'il a pu toucher pour elle, jusqu'à ce jour, en vertu de la procuration qui vient d'être énoncée, tant en capitaux, qu'intérêts, arrérages de rente, que pour toute autre cause.

La cinquième, enfin, le 21 novembre 1855, portant :

Que Me Auger, son mandataire en vertu des procurations qu'elle lui a données suivant actes reçus par le notaire soussigné, l'une le 21 août 1851 (1), et l'autre le 9 novembre 1854, reconnaissant qu'il lui a rendu bon et fidèle compte de toutes les sommes généralement quelconques qu'il a touchées pour elle jusqu'à ce jour en vertu des procurations qui viennent d'être énoncées, tant en capitaux, intérêts, arrérages de rentes que, pour toute autre cause.

TITRE IX.

Dépenses de luxe, et largesses de la fille Legay.

Dépenses de luxe.

EDOUARD CLÉMENT, HORLOGER, A PONT-DE-L'ARCHE.

Vendu à mademoiselle Elisabeth Legay, chez madame Lancelevée, à Pont-de-l'Arche, une montre en or, savonnette, N° 5251 . . . . 220 fr.

Premier avril 1851. Pour acquit, E. CLÉMENT.

—Voir 4e liasse, 6e pièce.—

Doit, mademoiselle Elisabeth, à madame Hubert, pour dentelles. . . 32 fr.

Pont-de-l'Arche, ce 6 mars 185.... (ici une déchirure).

—Voir 4e liasse, 4e pièce.—

Doit, mademoiselle Elisabeth, à madame Hubert, savoir :

Pour maline.	40 fr.
Pour brocille	20
Total . . .	60

Pour acquit, Fe HUBERT.

—Voir 4e liasse, 3e pièce.—

A madame Hubert, savoir : pour dentelles. . . . . 72 fr.

Pont-de-l'Arche, le 1854, Fe HUBERT.

Pour acquit, Pont-de-l'Arche, 12 octobre... (Ici le papier est déchiré).

Fe HUBERT.

—Voir 4e liasse 2e pièce. —

(1) Cette procuration avait été donnée à M. Croizé, clerc de Me Cheuret, notaire.

Fait un col et fourni une paire de manches pluche	1 fr. 50 c.
Fait et fourni deux cols	6 50
	8 fr.

Mademoiselle, je vous remercie bien de vos petits cadeaux.

Je vais vous broder un col sur de la très belle mousseline, et je vais chercher un joli dessin de la forme que vous me demandez.

—Voir 4e liasse, 7e pièce.—

Largesses.

La fille Legay faisait de jolis cadeaux à la nommée Esther Deschamps, comme on le voit dans la lettre suivante, où celle-ci lui exprime avec enthousiasme, sa joie et sa reconnaissance.

Bonne Elisabeth,

Je reçois aujourd'hui, lundi, votre joli cadeau et je m'empresse de vous écrire pour vous en remercier. Tous les objets sont tous plus jolis les uns que les autres, le joli jupon, dont je n'ai pas encore vu pareil, et qui me fera si bien pour me grossir (moi qui suis si plate), dans l'été, avec un jupon de percale, cela est bien digne de votre goût (il n'est qu'une amie comme la mienne); et la jolie petite écharpe que j'ai nouée de suite à mon cou, pour l'essayer et que je trouve si jolie. Le tout ne m'étonne pas, car vous seule avez le talent de savoir réunir la beauté à l'utile. Je lirai le beau livre et vous en parlerai dans la prochaine lettre. Etc.

— Cote de Me Cheuret, 16. — No du paraphe, 165. — 1re liasse. —

Mais les cadeaux adressés à M. de Chambry, percepteur à Neuilly, à charge parfois de revanche, étaient incomparablement plus importants et plus nombreux.

La correspondance trouvée dans l'armoire de la fille Legay, en fait foi.

On va placer ici les extraits de 13 lettres, dépendant de la 6e liasse déposée au greffe, qui en contient 19, dont 17 ont été *mutilées*, et 2 (la seconde et la huitième) *raturées* frauduleusement (on ne sait quand et comment), à dessein de dissimuler certains passages qui semblent avoir eu trait à madame veuve Lancelevée, et à des envois d'argent.

Deuxième lettre. — (*N° 146 du paraphe.*)

Je vous remercie de votre envoi.... et je suis enchanté de vous faire cadeau d'une *robe* comme vous la désirez. Nous conviendrons de la nuance et de l'étoffe.

Troisième. — *N°* 147.

Je vous annonce un petit paquet de *comestibles* que je vous invite à réclamer de suite, de peur qu'ils ne se gâtent, et je désire que vous fassiez un bon mardi gras.

P. S. Le *brochet* était délicieux.

Quatrième. — *N°* 148.

Je suis flatté d'apprendre que la *bague* que je vous ai envoyée vous a fait plaisir, et qu'elle est de votre goût. Remercîments pour le *poisson* annoncé pour mon médecin.

Cinquième. — *N°* 149.

Je suis heureux que mon petit envoi de *bonbons*, *boîte et broche*, vous ait été agréable. Je vous remercie de vos *fruits*.

Sixième. — *N°* 150.

Je vous remercie de votre aimable envoi. Je n'ai point oublié la *bague* à la bonne femme, dites-le lui bien ; l'offre que vous me faites d'un *brochet* me fait grand plaisir et je l'accepte avec reconnaissance. J'ai offert pour vous à ma future un *éventail*; il a été accepté avec gratitude. Je suis flatté d'apprendre que vous avez trouvé de votre goût le *porte-monnaie*.

Septième. — *N°* 151.

Je vous remercie de l'envoie du *bouquet*, des *asperges*, du *poisson*, etc.

Huitième. — *N°* 152.

Remercîments pour un envoi de *morilles*.

P. S. J'ai oublié de vous dire de ne pas m'envoyer d'anguilles, je préfère tout autre poisson.

Dixième. — *N°* 154.

Tout votre aimable envoi m'est parvenu à bon port.

Quatorzième. — *N°* 158.

Je suis satisfait que vous ayez reçu le *raisin* que je vous ai envoyé.

Merci de la *crême* de Sotteville, des *mirlitons* et du *brochet*, je les recevrai avec infiniment de plaisir.

Quinzième. — N° 159.

Votre panier est arrivé à très bon port, les ***mirlitons***, la ***crême***, le *lièvre*, les *fleurs* tout était en très bon état et m'a fait le plus grand plaisir; recevez-en tous mes remercîments.

La semaine prochaine je vous enverrai de mon côté les provisions que vous désirez, et j'aurai soin qu'elles répondent par la beauté et la bonté à celles que vous m'avez adressées.

Seizième. — N° 160.

Je vous remercie du panier remis à madame Baissier. J'accepte l'offre que vous me faites d'un ***poisson***. Je vous enverrai incessamment votre ***bijou*** dans une boîte ainsi que vous le désirez. Je souhaite de tout mon cœur qu'il vous soit agréable et qu'il vous plaise.

Dix-septième. — N° 161.

Votre magnifique envoi est arrivé à très bon port, je vous remercie de tout..... (ici mutilation).

Ainsi que je vous l'ai mandé, je tiens à remplacer les ***saucisses*** qui sont arrivées gâtées, et vers la fin de la semaine, je vous ferai passer un petit envoi qui contiendra quelques-unes des choses ***que vous aimez***. J'y joindrai votre ***médaillon***.

Dix-huitième. — N° 162.

J'enverrai de nouvelles ***saucisses*** auxquelles l'humidité ne causera sans doute pas le même tort qu'aux autres.

J'ai à vous offrir une jolie ***médaille***: la Vierge d'un côté et le Christ de l'autre, que j'ai ***reçue*** hier. Je suis convaincu qu'elle vous sera agréable.

Je suis bien reconnaissant ***du brochet*** que Mme L.... (ici une mutilation) veut ***bien*** m'offrir (1); je l'accepte avec reconnaissance.

Adieu, ma bonne Elisabeth, merci encore de votre envoi.

---

(1) Les mots *du brochet*... *veut bien*.... sont fortement raturés, mais néanmoins restent encore assez transparents pour qu'on puisse les lire. Celui de l'expéditionnaire a été lacéré. D'après la lettre initiale de son nom, on peut croire, qu'il signifiait madame Lancelevée, mais qu'on aura voulu depuis, détruire la trace d'un mensonge de nature à compromettre, qu'aurait commis la fille Legay.

SUITE DE LA MÊME CORRESPONDANCE.

Ou extraits de 30 lettres, parties des 32 lettres intactes, composant la 7e liasse.

Première Lettre. — N° 109.

Je vous remercie de l'envoi de votre *anguille* magnifique et du *poisson blanc.*

Deuxième. — N° 110.

Merci de votre aimable envoi.

Troisième. — N° 111.

Je suis flatté que les *fraises* que j'ai envoyées soient bien arrivées.

Je ne suis pas privé de mon pâté du moment qu'il vous a fait plaisir.

Merci de votre aimable envoi.

Quatrième. — N° 112.

J'ai reçu les belles *écrevisses* que vous m'avez envoyées, ma bonne Elisabeth, et je m'empresse de vous en remercier. Elles m'ont fait plaisir ainsi que ce que contenait le reste du panier, les jolis bouquets surtout.

Je vous adresserai le portrait de ma mère et des *marrons glacés.*

Cinquième. — N° 113.

Je vous remercie mille fois des *pommes* et du *brochet* que vous voulez bien m'offrir.

Sixième. — N° 114.

Je ne sais réellement comment vous remercier, ma bonne Elisabeth, de votre magnifique envoi, il est arrivé à très bon port, et m'a fait le plus grand plaisir. Je vous en exprime toute ma gratitude.

Septième. — N° 115.

Je suis bien sensible à l'offre que vous me faites. Agissez comme vous le jugerez. Ce que vous ferez me fera toujours plaisir. J'aime beaucoup la *sarcelle*, vous pouvez donc me l'envoyer.

Vous ne pouvez douter du bonheur que j'aurais à vous offrir quelques étrennes. Mandez-moi donc ce qui vous serait agréable, pour que je puisse vous l'offrir.

Huitième. — N° 116.

Je ne puis vous dire, ma bonne Elisabeth, le plaisir que m'a causé votre aimable envoi. Je vous en remercie de tout mon cœur. Il est parvenu à très bon port. Le *brochet* est magnifique, et je comprends qu'il soit difficile d'en trouver un pareil.

Je vous adresserai des *fraises* comme vous le désirez.

Neuvième. — N° 117.

J'ai reçu votre aimable envoi.

Dixième. — N° 118.

Je vous remercie mille fois de votre aimable envoi.

Onzième. — N° 119.

J'ai reçu votre aimable envoi et je vous en exprime toute ma gratitude.

Je vous ferai passer demain un *pâté*.

Douzième. — N° 120.

N'envoyez la *carpe* que mercredi, le dîner n'étant que pour jeudi.

Y aurait-il moyen d'avoir quelques *écrevisses*? Je veux vous en faire passer l'argent.

Treizième. — N° 121.

J'apprends avec plaisir que mon petit envoi est arrivé à bon port et qu'il vous a fait plaisir.

Les pêches que vous m'avez adressées me sont parvenues, malheureusement totalement abîmées ; elles étaient magnifiques.

Merci du *poisson* que vous m'offrez, je l'accepte avec reconnaissance.

Quatorzième. — N° 122.

J'ai reçu votre aimable envoi.

Le *poisson* est arrivé à bon port, mais les *œufs* et les *pêches* étaient cassés et abîmés.

Quinzième. — N° 123.

Je vous remercie mille fois de l'*anguille* et des *fruits* que vous m'avez envoyés.

Je vous enverrai vos *étrennes* à la fin de la semaine, aussitôt qu'un objet que j'ai commandé me sera livré.

P. S. Si vous avez occasion d'avoir un brochet sous quelques jours, je l'accepterai avec plaisir.

Seizième. — N° 124.

Je préfère emporter les *confitures* à la fois ; elles seront ainsi moins abîmées.

****

Dix-septième. — *N°* 125.

J'ai reçu votre aimable envoi, je vous en remercie. Merci encore pour le *brochet.*

Dix-huitième. — *N°* 126.

Remerciement pour l'aimable envoi.

Dix-neuvième. — *N°* 127.

Idem. *Idem.*

Vingtième. — *N°* 128.

Je vous remercie d'avoir songé à me faire des confitures de pommes.

Vingt-unième. — *N°* 129.

Merci de l'aimable envoi ; tout est bien arrivé.

Vingt-deuxième. — *N°* 130.

Merci du *poisson* que vous m'avez offert, je l'accepte pour un de mes chefs qui donne un dîner et qui aurait besoin d'un brochet (ou carpe), attendu que je vous en rembourserai.

Vingt-troisième. — *N°* 131.

Merci de l'aimable envoi en fleurs et en *poisson*, et du *ruban* acheté à ma femme de ménage qui est on ne peut plus reconnaissante de cette marque de votre attention.

Vingt-quatrième. — *N°* 132.

Votre *petite boite* renfermée dans un panier de magnifiques pommes, m'est arrivée hier au soir, et je vous en remercie d'autant plus que je reconnais en cela votre bon cœur.

Vingt-cinquième. — *N°* 133.

Merci du joli bouquet de fleurs, *vous pouvez sans aucun inconvénient ajouter ce que vous voudrez, à l'avenir.* Merci pour les *pommes* que vous m'offrez et que j'accepte avec reconnaissance.

Vingt-sixième. — *N°* 134.

Je vous remercie de vos *pommes* et du bouquet.

Vingt-septième. — *N°* 135.

Je m'occupe des *portraits* que vous désirez et je serai heureux de vous les offrir immédiatement.

P. S. Ne pensons plus aux écrevisses puisqu'on ne peut en trouver.

Vingt-huitième. — *N°* 136.

Remerciement de l'envoi du *brochet*.

Je n'ai pas oublié votre belle *bague*, et je ne la quitte plus. Je suis heureux de trouver de nouveau cette occasion de vous témoigner ma reconnaissance.

Vingt-neuvième. — *N°s* 137-138.

Je vous remercie du *poisson* que vous avez l'intention de m'envoyer, et je vous prie de ne pas faire cette dépense, car elle est encore assez forte, et je serais désolé de vous mettre en frais dans un moment où, *vous* comme moi, sommes si gênés.

Trente-unième. — *N°s* 141-142.

Remerciement de l'aimable envoi.

Enfin, dans une lettre formant la neuvième pièce, de la huitième liasse, M. de Chambry annonce à la fille Legay l'envoi d'une *bague*, étant tout ce qu'on fait de plus joli en ce genre, désirant, dit-il, qu'elle lui plaise, et ayant fait réserve de la changer, au cas contraire.

TITRE X.

Exiguïté incontestable des RESSOURCES PERSONNELLES de la fille Legay, avant qu'elle entrât au service de madame Lancelevée, et PLACEMENTS D'ARGENT importants et nombreux par elle faits depuis, sous son propre nom.

Ressources personnelles.

Avant de mourir, son ancienne maîtresse, à qui elle ferma les yeux, madame veuve de Chambry née Delangle, lui avait assuré une somme de 1,300 fr., productive d'intérêts à 5 pour 0|0, payables le 1er janvier, par un contrat authentique conférant hypothèque sur plusieurs immeubles, en date du 15 février 1838.

Quelques années après, M. de Chambry, percepteur à Nenilly, avait été chargé, comme héritier de sa mère, du paiement de la créance devenue exigible avant 1846, mais remboursée seulement en 1857; le débiteur, à cause de son état continuel de gêne, n'ayant pu se libérer plus tôt.

La fille Legay fut ensuite pendant quelque temps, domestique d'une dame Lasnon, à Louviers, d'où elle passa au service d'un célibataire âgé, le capitaine Routier.

Le 29 août 1842, il lui remit la reconnaissance suivante :

Je soussigné, Thomas-Philippe Routier, capitaine retraité, demeurant à Louviers,

Déclare et reconnais que, ne possédant que mon linge de corps et mes vêtements journaliers, tous les meubles consistant en batterie et ustensiles de cuisine, chaises, tables, bois de lit sur lequel je couche, les rideaux en calicot qui sont aux fenêtres de ma chambre, un matelas de laine, un oreiller, deux paires de draps placés dans mon logement, appartiennent à demoiselle Marie-Madeleine-Flore Legay, ma domestique et femme de confiance, qui les y a apportés en entrant, en cette qualité, chez moi, et les autres objets constituant mon coucher, appartiennent au sieur Girard, frippier, qui me les a loués.

Je consens à ce que ladite demoiselle Legay, venant à me quitter, enlève et retire tous les meubles et effets lui appartenant et ne laisse que mes vêtements et mon linge, puis les objets qui me sont loués par ledit sieur Girard; voulant et entendant que, dans aucun temps, personne ne puisse l'inquiéter ni rechercher, en aucune manière à cet égard.

J'ai délivré la présente reconnaissance à ladite demoiselle Legay, après lecture, pour lui valoir ce qu'il appartiendra, et j'affirme qu'elle ne contient que l'exacte vérité.

Louviers, le 29 août 1842.

Signé : ROUTIER.

— Cote de Me Cheuret, 18. — No du paraphe, 185. —

Au bout de 18 mois du séjour de la fille Legay chez lui, décéda notoirement insolvable, le capitaine Routier.

La pièce suivante, trouvée en la possession de cette fille, et qui est le modèle de la lettre qu'elle écrivit alors à M. Anatole de Chambry, peint l'embarras, et la pénurie, où elle était à cette époque.

Monsieur,

Je vous en prie, dites-moi, faites tout votre possible pour me donner mon argent à la fin de ce mois-ci (1), car les personnes veulent en finir avec moi et m'ont signifié que si je ne voulais pas leur donner à la fin du mois, que je ne compte plus sur eux. Ainsi, je vous le répète, et compte sur votre bonté à ne pas me faire perdre cet avantage-là, que je ne retrouverai jamais, car dans ce moment-ci je ne suis pas trop heureuse : le capitaine vient de mourir et je n'ai pas eu grand bénéfice à le servir, car le peu d'argent que j'avais, je l'ai engagé à payer les fournisseurs, et moi à présent, pour avoir l'argent que j'ai donné, il faut que j'attende que le Gouvernement me donne ce qui est dû, et je vous assure que je n'ai pas facile à avoir. J'aurais été bien heureuse si j'avais été près de vous, pour me diriger dans toutes ces affaires-là, car il a fallu faire bien des pas et démarches, et on me dit encore que je ne pourrai être remboursée dans quatre mois.

J'ai aussi perdu mon oncle : quelques jours avant de mourir, je suis allée le voir ; le notaire était présent, car il était venu pour moi ; on n'a pu obtenir de lui que deux cents francs, que j'aurai après la mort de ma tante, et il a donné à un de mes cousins, 4,000 fr. Ainsi vous voyez que je suis toujours lésée dans toutes les circonstances. Je suis allée à Évreux, j'ai vu madame Méry, qui m'a chargée de vous dire de lui donner de vos nouvelles ; que cela lui ferait plaisir. J'ai été passer aussi une journée aux Angles, et j'ai été bien reçue : j'ai été avec madame Jeanne, voir l'ingénieur, où il doit faire bâtir un château. Elle m'a demandé si j'avais beaucoup d'argent et que je devais avoir 5,000 fr. et où je le plaçais : je ne sais pas pourquoi elle m'a fait cette demande. J'avais retrouvé une place chez une demoiselle à qui je convenais beaucoup et dont Mme de La Pointe m'avait donné une lettre très

---

(1) Sans doute les 1,300 fr. ci-dessus. M. de Chambry, jeune homme faisant des dettes, et sans place dans ce temps-là, lui inspirait peu de confiance ; la fille Legay cherchait à retirer son argent d'entre ses mains pour mieux le placer ailleurs, ou par la difficulté qu'elle éprouvait à en arracher un sou, même sur les intérêts.

gentille pour me recommander ; il se trouve que cette demoiselle a un frère qui lui avait promis de lui donner une bonne, et à présent elle ne veut plus de moi. Je ne sais pas à présent quand j'aurai une place : tout cela ne va pas me rendre trop heureuse. Je compte toujours sur le bien qu'on me promettait; mais tout cela est si long, que je crois que cela ne viendra jamais. Ainsi, monsieur Anatole, je vous en supplie, répondez-moi de suite sur ce que je vous demande, pour pouvoir le dire.

— Cote de Me Cheuret, 152. — N° du paraphe, 187.—

Madame Morainville née Mille, personne très-pieuse et la belle-sœur de la mère des enfants Henri-Mathieu Paysan-Lafosse, séduite par l'extérieur dévot de la fille Legay, l'avait mise en condition chez madame veuve Lancelevée(1), son amie intime, qu'elle remerciait affectueusement de l'avoir accueillie, dans sa lettre datée de Louviers le 13 décembre 1845.

MADAME,

Je vous remercie d'avoir, sur ma recommandation, accepté Elisabeth pour votre bonne; je crois que cette fille vous conviendra sur tous les rapports, et c'est cela seul qui m'a décidée à vous l'envoyer; elle a resté dix-sept ans chez la même personne, et sans doute elle y serait restée plus longtemps si sa maîtresse n'était pas morte. Si le temps n'avait été si mauvais, j'aurais été jusqu'à Pont-de-l'Arche pour vous donner moi-même tous les renseignements que vous auriez désirés.

Placements d'argent par la fille Legay, depuis son entrée au service de madame veuve Lancelevée.

Ceux qu'on a pu découvrir jusqu'ici consistent en anciennes rentes sur l'État converties en deniers, pour tout ou portion ; prêts chyrographaires; rentes sur l'État fusionnées en une nouvelle rente de plus grande importance et encore existante; livret de la Caisse d'épargne; prêt hypothécaire ; acquisition de créance solidement garantie; indépendamment de la somme d'argent trouvée en la possession de la fille Legay.

(1) Elle a vraiment bien répondu à la bonne opinion qu'on avait eue d'elle, et au service qu'on lui avait rendu, en ne la laissant pas sur le pavé!...

Anciennes rentes sur l'État.

La correspondance de M. de Chambry avec cette fille, jette quelque lumière sur ses premiers placements en rentes sur l'État, que dès ce temps, elle paraissait préférer, parce que probablement, ils étaient plus faciles à dissimuler, et plus sûrs, à son point de vue surtout, ne pouvant être l'objet de saisie-arrêts ou d'oppositions. Elle ne se départit de cette manière d'agir qu'en considération de sa tendresse pour M. de Chambry, qu'elle avait élevé et qui, désormais, en possession d'une belle place, lui offrait un emprunteur solvable, autant que discret, par réciprocité d'attachement et intérêt personnel.

18 juin 1849.

En acceptant votre offre pour des fonds, s'ils me deviennent nécessaires, je n'entends pas, ma bonne Elisabeth, que ce serait immédiatement que j'aurais recours à votre bonté. Je voulais dire que si, par la suite, ma santé n'allait pas bien, je profiterais de votre offre. J'accepte avec empressement celle que vous me faites au sujet d'un peu d'argent.

— 7e liasse, 2e lettre. — N° 110. —

24 juillet 1849.

L'agent de change n'a vendu que pour 580 et quelques francs et non pour 500 fr., ainsi que vous le pensez : en vous adressant une quittance provisoire de 400 fr., j'ai donc compris les 80 fr. d'excédent et j'ai porté 100 fr., c'est-à-dire qu'au lieu de faire une quittance de 580 fr., j'en ai fait une de 400 fr. dans votre intérêt.

Lorsque je vous verrai, ce qui ne sera pas long, je l'espère, je vous ferai un billet, et je vous témoigne à l'avance ma plus vive gratitude pour le supplément de 80 fr.

— 8e liasse, lettre 4e. —

Je vous adresserai incessamment *votre titre*, et je n'oublierai pas d'y joindre la bague à la bonne femme (1).

J'attends chaque jour ma nomination. Le duc de Guiche, cousin de ma future, a rendez-vous aujourd'hui pour cela avec le ministre des finances.

Lorsque vous connaîtrez ma femme, vous l'apprécierez bien vite.

— 7e liasse. lettre 28e. — N° 136. — Déjà citée pour un autre paragraphe. —

---

(1) Surnom de la veuve Dévreux.

Je n'ai point oublié la bague à la bonne femme, dites-le lui bien, *mais je préfère l'envoyer avec votre titre, cela sera plus sûr...*

J'ai offert pour vous à *ma future* un éventail...

— 6e liasse, lettre 6e. — No 150. — Déjà citée pour un autre paragraphe.—

15 février 1850.

Je suis bien sensible à l'offre que vous me faites à cette occasion (sa convalescence), de prendre de l'argent à vous à Paris, s'il m'est nécessaire pour remettre ma santé. Si cette nouvelle preuve de votre dévouement me devient indispensable, j'y aurai recours et vous en remercie de tout mon cœur à l'avance.

— 6e liasse, lettre 4e —

J'espère en vous pour le complément des 1000 fr. dont j'ai une partie, et qui, avec les 4000 fr. fournis par des amis, composeraient les 5000 fr. du cautionnement qui me serait nécessaire pour obtenir de l'avancement (1).

Que pour six mois au moins vous pourriez me procurer la différence en mettant à ma disposition *votre titre de rente.*

C'est le dernier service de ce genre que vous aurez à me rendre. Votre argent serait toujours à votre disposition à la première demande. Je n'aurai besoin de verser l'argent qu'à la première réquisition, et conséquemment je ne vous prie que de me confier votre titre en m'autorisant de le vendre lorsque j'en aurai besoin.

— 7e liasse, 3e lettre.—

22 avril 1851.

Vous me demandez pourquoi votre titre de rente porte 39 fr. au lieu de 40 fr., la raison est que la rente n'atteint pas le pair en ce moment, et que naturellement, en vendant, pour obtenir 200 fr., il faut 11 fr. de rente.

— Liasse 7e, 25e lettre. — No 133.—

15 octobre 1855.

Je vous avais demandé si vous vouliez mettre *votre titre de rente* à ma disposition pour éviter tout dérangement de part et d'autre. (2)

Ça été un grand chagrin pour moi que vous n'ayez pas accédé à ma prière, attendu que je me trouve dans une pénible position, à la veille d'en avoir une si bonne.

— 32e lettre, 7e liasse. — Nos 143, 144. —

---

(1) Ce paragraphe est le résumé du commencement de la lettre.

(2) M. de Chambry explique qu'il avait besoin de 700 fr. et qu'il comptait que la fille Legay lui en prêterait 400.

Prêts chyrographaires.

La fille Legay, pressée par les vives sollicitations de M. de Chambry, l'avait autorisé à vendre une ou plusieurs rentes sur l'État, et à s'en approprier la valeur en compte courant. Elle lui avait aussi successivement prêté diverses sommes pour subvenir à ses besoins, principalement depuis l'ouverture de la succession de la demoiselle Anastasie Frigard, décédée le 7 août 1851.

Le 28 novembre 1852, les parties exercèrent compte avec le concours et l'entremise de Me Auger, qui en est convenu dans son interrogatoire, ce qu'a nié la fille Legay, toujours attentive à le ménager, dans l'espoir qu'il ne l'abandonnerait pas.

Quels furent au juste, les éléments de l'exercice de compte arrêté à la somme de 7,700 fr. en faveur de la fille Legay? c'est ce qu'elle a refusé de dire, et ce que Me Auger prétend, contre toute vraisemblance et toute vérité, n'avoir jamais su. (1)

M. de Chambry souscrivit de suite en conséquence, à la fille Legay, une obligation sous seing privé, de l'importance de la dette, et se soumit à lui en payer les intérêts au taux légal, jusqu'à parfait remboursement.

Rentes sur l'État converties en une seule, dont jouit encore la fille Legay.

Le tableau suivant, résume parfaitement, dans une première partie, la série des opérations de finance accomplies par Me Auger pour la fille Legay. On y voit aussi, dans une seconde partie, les opérations concommittantes effectuées par lui, pour son propre compte, et dont le rapprochement avec les précédentes, est fort instructif.

---

(1) 48e D. C'est vous qui avez réglé le compte du sieur de Chambry le 18 novembre 1852, avec la fille Legay, saviez-vous d'où provenaient les fonds? — R. Je l'ignorais complètement.

Interrogatoire de la fille Legay, 13e D. N'est-ce pas M. Auger qui a arrêté le compte avec M de Chambry pour vous et qui a donné le modèle de la reconnaissance de 7,700 fr.? — R. Non, c'est moi-même qui suis allée à Neuilly, et qui ai réglé avec lui pour le montant de cette somme, et pour laquelle il m'a remis la reconnaissance. — 15e R. M. de Chambry était alors seul.

*****

1re PARTIE.

LEGAY (Marie-Marguerite-Flore).

21 mars 1854. — Mademoiselle Legay a souscrit dans les bureaux de la recette particulière de Louviers, à l'emprunt de 250 millions, pour une somme de 50 fr. de rentes dont elle a effectué les paiements ainsi qu'il suit, savoir :

21 mars	1854,	paiement du 10ᵉ de garantie.		102 fr.	78 c.
15 mai	*id.*	*id.*	d'un terme sur 15	61	65
17 Juin	*id.*	*id.*	de cinq termes	308	25
7 octobre	*id.*	*id.*	de sept termes.	431	55
16 novembre	*id.*	*id.*	de deux termes pour solde. . . .	125	55
				1027	78

Durant le cours de cette libération elle a touché par M. Auger, huissier à Pont-de-l'Arche, deux semestres d'intérêts : celui du 22 septembre 1854, de 25 fr., le 9 octobre suivant; puis celui du 22 mars 1855, de 25 fr., le 5 avril 1855.

6 janvier 1855. — Elle a souscrit dans l'emprunt de 500 millions pour 50 fr. de rentes, mais n'a été admise que pour 50 fr. Ce jour elle a payé . . 1022 fr. 22 c.

Par suite de la réduction de la rente, on lui a remboursé, le 24 février 1855. . . . . 408 89

Reste. 613 33

De cette souscription il en a été délivré une inscription départementale, nº 5343, de 50 francs de rentes. Sur cette inscription, elle a touché le semestre du 22 mars 1855, par l'entremise de M. Auger, de 15 fr., et ledit jour 5 avril 1855.

5 avril 1855. — Elle a déposé 1500 fr. pour achat de rentes, ce qui lui a valu 70 fr. de rentes, inscription nº 73055, série 6ᵉ. Vu la conversion ci-dessous, elle n'a rien touché d'arrérages.

5 juillet 1855. — Réunion des trois titres désignés ci-dessus pour être convertis en un seul de 150 fr. de rentes, nº 76000, série 6ᵉ.

Sur ce titre, il ne fut touché qu'un semestre, celui du 22 mars 1855, de 75 fr., par M. Auger, le 5 avril 1855.

Nota. — Les quittances d'intérêts de rentes de la fille Legay sont données par M. Auger.

Quant aux versements des capitaux et aux remises de titres, on croit pouvoir affirmer que c'est lui qui les a versés et présentés.

2me PARTIE.

AUGER (SÉNATEUR).

21 mars 1854.—M. Auger a souscrit dans l'emprunt de 250 millions pour 100 fr. de rentes, mais il ne fut admis que pour 50 fr.

Il a payé, le 21 mars 1854, le dixième de garantie . . . . . . 205 fr. 56 c.
7 juin 1854, deux termes 64 65
7 juillet, le tout 804 70

De là il lui a été délivré une inscription, n° 5842 de 50 francs.

6 janvier 1855.—A souscrit pour 50 fr. de rentes dans l'emprunt de 500 millions, mais n'est admis que pour 30 fr. de rentes.

A payé ce jour le dixième de garantie, de . . . . 102 fr. 06 c.
le 5 avril 1855, pour solde. 520 39

5 juillet 1855. M. Auger a réuni trois titres, dont les deux ci-dessus et un titre de rentes de 25 francs dont on ignore l'origine; il avait touché 12 fr. 50 d'intérêts le 25 mars 1855.

C'est ce qui lui forme 105 fr. de rentes.

Fait à Louviers, le 4 mars 1857.

L. DE VALLETTE,
Receveur des finances.

Livret de Caisse d'épargne.

Sur ces entrefaites, la fille Legay, ayant pris un livret à la caisse d'épargne de Louviers, y avait déposé, jusqu'à 609 fr., comme l'atteste le titre trouvé en ses mains, joint à ce moment, au dossier de l'instruction criminelle. C'était encore Me Auger qui avait fait pour elle, à titre de commissionnaire, ces versements, et qui en touchait les arrérages.

Prêt hypothécaire.

Le 15 février 1853, par un acte passé devant Me Durand, notaire, la fille Legay avait prêté aux sieurs Depître, une somme de 1000 fr. non encore remboursée, et productive d'intérêts à 5 pour

0[0. Une hypothèque avait été accordée par les emprunteurs. C'était de nouveau, Me Auger qui avait négocié l'affaire pour la fille Legay, ce dont ils conviennent l'un et l'autre; lui aussi percevait pour le compte de la même, les intérêts, aux échéances stipulées.

Achat de créance.

Par un acte passé devant Me Durand, le 6 septembre 1854, la fille Legay, toujours conduite par Me Auger, comme ils l'avouent, avait traité à forfait d'une créance de 400 fr., parfaitement solide, à prendre sur des sieurs Pelletier, qui la lui remboursèrent le 30 mars 1855, ainsi qu'il apparaît d'une quittance authentique, devant le même notaire.

Argent comptant.

On a fait remarquer en analysant l'inventaire dressé à la mort de madame Lancelevée (titre 3), que la fille Legay avait 350 fr. d'argent dans son armoire, lors de l'apposition et de la levée des scellés.

RÉCAPITULATION.

Montant de l'arrêté de compte avec M. de Chambry, en date du 19 novembre 1852.	7,700 fr.
Rente sur l'État, de 150 fr., prix d'achat	3,141
Livret de la caisse d'épargnes.	609
Prêt hypothécaire aux sieurs Depitre	1,000
Créance acquise contre les sieurs Pelletier.	400
Argent comptant	320
Actif total, en placements connus, et modique capital (sauf l'actif inconnu).	13,170

TITRE XI.

Manœuvres frauduleuses concertées entre la fille Legay, Me Auger et la veuve Dévreux,

Pour abuser M. de Chambry, sur l'origine des deniers qu'elle lui prêtait, et lui persuader qu'ils avaient été en partie fournis par ceux-ci, à certaines conditions, et qu'ils la pressaient vivement sous menaces même de poursuites, d'en opérer la restitution : mystification pure, comédie véritable !...

La correspondance suivante, de M. de Chambry et de Me Auger, rapprochée de plusieurs réponses des interrogatoires de trois des défendeurs, en fait preuve.

Lettres, de M. de Chambry, à la fille Legay.

Je reçois à l'instant votre lettre et les 200 fr. que vous avez eu la bonté de m'envoyer. Je ne sais vraiment comment vous remercier de votre généreux dévouement.

« Mettez maintenant le comble à votre obligeance, en me faisant passer par le » chemin de fer, *la somme qui m'est nécessaire puisque vous l'avez, et dites-moi* » *à quelles conditions vous l'avez obtenue.* »

(Signé)

— 1re pièce de la 2e liasse.—

25 août.

....N'ait... (mutilation) inquiétude pour ses fonds.... les lui ferai passer par le chemin de fer (1).

— 11e lettre, 6e liasse. — No 155 du paraphe.—

J'attends de l'argent tous les jours et je... (lacération) enverrai.... aussitôt. Ce-

(1) Dans cette lettre, M. de Chambry déplore que sa sœur, par un testament, l'ait déshérité de la terre des Angles, berceau de sa famille, et où il est né, ce qui lui assigne une date. A travers l'obscurité occasionnée par la lacération, on voit encore assez bien, qu'il cherche à rassurer le tiers, au nom duquel, la fille Legay lui a demandé de l'argent.

la ne dépassera pas quelques jours, sa fille sera peut-être placée; on m'a donné une bonne réponse. Je regarde même la chose comme arrangée; je lui écrirai (1).

— Lettre 13e. 6e liasse. — No 157. —

1er octobre 1851.

Ma bonne Elisabeth,

Puisque *la bonne femme* est si impatiente, je lui envoie aujourd'hui sur mes appointements 200 fr par le chemin de fer, ce qui formera 300 fr. avec les 100 fr. que vous lui avez déjà remis, et je lui ferai passer les 200 autres francs très-incessamment, si je ne les lui porte pas moi-même.

(Signé.)

— 20e lettre, liasse 7e. — No 123. —

Réponses de l'interrogatoire de la veuve Dévreux sur le même objet.

1re Demande. — M. de Chambry vous a-t-il emprunté de l'argent? — Non, monsieur.

3e D. — En avez-vous prêté à la fille Legay? — R. Non, monsieur.

4e D. — Vous a-t-il été versé par M. de Chambry, le 12 novembre 1855, 100 fr. — R. Non, monsieur.

5e D. — Avez-vous connaissance que la fille Legay ait fait à M. de Chambry des envois d'argent? — Non, monsieur.

Réponses de l'interrogatoire de la fille Legay, relatives au même sujet.

22e D.— On voit dans un compte (celui écrit de la main d'Auger et dont on s'occupera dans le titre suivant), 100 fr. versés le 12 novembre 1855 à la fille Dévreux; ne lui avaient-ils pas été envoyés directement par M. de Chambry, comme l'argent qu'il versait à M. Auger?

R. Ces 100 fr. m'ont été envoyés dans une lettre, en un billet de 100 fr., et je les ai remis à la fille Dévreux. A ce moment la fille Legay se rétracte, et dit que cette somme de 100 fr. n'a pas été remise par elle à la fille Dévreux, parce que, bien qu'elle eût dit à M. de Chambry que la fille Dévreux lui avait prêté par son intermé-

---

(2) Il s'agissait de la fille de la veuve Dévreux. L'intérêt que prenait M. de Chambry à l'une et à l'autre, en s'occupant de procurer une condition à la première, venait surtout de ce qu'il considérait la mère comme la personne qui avait prêté à la fille Legay, une partie de l'argent que lui avait avancé celle-ci, et dont elle pressait la rentrée.

diaire, à elle fille Legay, une somme de 500 fr., c'était elle-même, fille Legay, qui les avait prêtés, et qui pour obtenir plus facilement de M. de Chambry le remboursement de ce prêt, avait dit à M. de Chambry que c'était la fille Dévreux qui les lui avait procurés.

24e D.—Pourquoi écriviez-vous à M. de Chambry que la bonne femme, c'est-à-dire la fille Dévreux, était impatiente?

R. Parce qu'ayant déjà beaucoup prêté d'argent à M. de Chambry, je désirais en reprendre la possession, et que j'en avais réellement emprunté une partie, deux ou trois cents francs, que je voulais rembourser à la fille Dévreux.

27e Rep. — Oui, c'est de concert avec la veuve Dévreux que j'ai dit que cet argent (les 500 fr) appartenaient à cette femme, pour en obtenir plus facilement le remboursement, et afin de subir moins de retards de la part de M. de Chambry.

29e Rép. — Je n'ai eu recours qu'une seule fois à la bourse de la veuve Dévreux. et pour la somme de 300 fr. faisant partie des 500 fr. ci-dessus; je lui ai restitué cette somme, ainsi que je l'ai déjà dit, et ce sans intérêts.

Lettres de Mc Auger à M. de Chambry.

Pont-de-l'Arche, 16 juin 1855.

Monsieur,

Depuis longtemps la demoiselle Legay me promet la restitution d'une somme que je lui ai prêtée. Suivant elle, elle devrait recevoir de vous, Monsieur, une somme de 1,300 fr. quand vous auriez vendu votre terre. D'après une lettre de M. Pestel, cette somme ne sera exigible que dans un an. Pour lui éviter des frais, je veux bien attendre le délai fixé par le notaire, *mais pour les 500 fr. environ de surplus*, je vais être forcé de conduire une saisie-arrêt dans vos mains, je ne puis attendre plus longtemps, et je suis très ennuyé des promesses de cette demoiselle qui ne se réalisent jamais.

Je n'ai voulu rien faire avant de vous prévenir. Je suis persuadé, Monsieur, que cela ne vous contrarie pas, et qu'au contraire vous voudrez bien m'être utile pour m'aider à rentrer dans mes fonds, que je n'aurais pas donnés si j'avais pu penser être obligé d'en venir à ces frais pour me les faire restituer.

Veuillez, Monsieur, excuser la liberté que je prends de vous écrire, et agréer l'assurance de ma parfaite considération.

AUGER.

Pont-de-l'Arche, 19 juin 1855.

Monsieur,

Je vous remercie de l'empressement que vous avez mis à me répondre (1), et j'accepte avec plaisir les conditions que vous m'indiquez; maintenant je suis tranquille sur le sort de ma créance.

Veuillez agréer, etc.

AUGER.

Réponses de Me Auger dans son interrogatoire.

45e D. — Avez-vous prêté de l'argent à M. de Chambry, percepteur à Neuilly pour le compte de madame Lancelevée?

R. Jamais, monsieur

46e D. — Avez-vous prêté de l'argent à la fille Legay?

R. Non, monsieur. Cependant, dans une circonstance, je lui ai avancé une somme de *trois à quatre cents francs*, pour *parfaire* un capital qu'elle a placé en rentes sur l'État (2).

47e D. — Comment avez-vous été remboursé de ces avances?

R. C'est M. de Chambry, débiteur de la fille Legay, qui me les a remboursées au moyen des intérêts qu'il payait à cette fille.

Réponses de la fille Legay dans son interrogatoire.

19e D. — M. Auger est-il, ou a-t-il été, votre créancier?

R. Non jamais.

20e D. — Vous a-t-il jamais prêté de l'argent?

R. Non, jamais.

15e D. — Dans le compte que nous plaçons sous vos yeux (3), on voit quatre paiements de chacun 100 fr. faits par M. de Chambry en 1854, qui les a reçus et qui en a profité?

---

(1) Me Auger a la lettre de M. de Chambry, dont il le remercie; eh bien! qu'il la présente, on connaîtra, dans leurs moindres détails, les particularités de cette négociation artificieuse.

(2) Comme si la fille Legay eut manqué d'argent! Comme si l'on ne délivrait pas des coupons de rente pour toutes les sommes!... Allégation vague quant au chiffre et à l'époque! invention manifeste qui se réfute d'elle-même et n'a eu d'autre but que d'amortir, s'il se pouvait, l'objection du paiement de 400 fr. qui surgit avec force du compte inclus dans le titre XII ci-après.

(3) Ce compte figure dans le titre suivant.

R. C'est M. Auger qui les a reçus et me les a remis ; la cause de ces paiements est l'intérêt qui m'était dû : *les autres paiements versés aux mains de M. Auger dans le cours de l'année* 1855, *ont la même cause, et ces huit paiements, qui forment en totalité la somme de* 800 fr., *ont été employés pour partie à acquérir le titre de rente de* 150 fr.

A travers les démentis sanglants que se donnent réciproquement, et à eux-mêmes, la fille Legay, Auger et la veuve Dévreux, il demeure constant : que ces deux derniers, n'ont fourni aucun argent à la première; qu'elle a imaginé une fable, et supposé des prêts de leur part, pour donner le change à M. de Chambry; que si elle a pu s'y porter par le motif secondaire de le déterminer à hâter sa libération, la raison principale de cette ruse a été de lui faire illusion au sujet de l'origine frauduleuse des sommes considérables qu'elle lui remettait, et qu'il savait bien, qu'elle n'eût pas été en état de posséder personnellement d'une manière légitime; que Auger et la veuve Dévreux, se sont docilement associés à cette connivence coupable, en considération de l'avantage qu'ils en devaient retirer; qu'en effet, l'un et l'autre, ont été de part dans la distribution du butin, ou des dépouilles de madame Lancelevée, la veuve Dévreux, touchant en deux fois 300 fr. (1), puis en dernier lieu, 100 fr., comme va le faire connaître le compte ci-dessous; et Auger 400 fr., comme l'atteste le même compte à valoir sur une somme supérieure, que sa lettre du 15 juin 1854 faisait monter à *plus de* 1800 *francs*, chiffre même indéterminé, parce qu'il ne bornait pas sa prétention à si peu.

---

(1) Lettre du 1er octobre 1855, page 42 ci-dessus.

TITRE XII.

Compte en participation, entre la fille Legay, Me Auger, et la veuve Dévreux.

Le compte suivant, entièrement écrit de la main de Me Auger, a été trouvé, quand on a levé les scellés, dans l'armoire de la fille Legay.

M. DE CHAMBRY.

DOIT :		AVOIR :	
18 novemb. 1852. Obligation de	7700 f.	1854. juin 5. Espèces..........	100 f.
Id. notariée..	1500	septembre 18...........	100
		» 20...........	100
Total......	9000	octobre 21...........	100
		1855. juillet 18, espèces versées	
6 m. d'intérêts au 1er juillet 1855	225 f.	à M. Auger.........	100
Id. au 1er janv. 1854.	225	*Id.* espèces.......	50
Id. au 1er juillet.....	225	août 18, espèces à M. Auger	100
Id. au 1er janv. 1855.	225	septembre 20, espèces versées à M. Auger......	100
Id. au 1er juillet.....	225	novembre 12, espèces versées à la fille Dévreux.	100
Id. au 1er janv. 1856.	225	*Id.* 21, espèces versées à M. Auger...........	100

— Cahier déposé au Greffe — 3e Liasse. —

Ce compte fait immédiatement suite, au réglement intervenu entre M. de Chambry et la fille Legay, le 18 novembre 1852.

C'est ce qui résulte du calcul des intérêts, dont le premier semestre tombant au 1er juillet 1853, à son point de départ à la fin de l'année précédente.

Il en résulte, que les à-compte versés, l'ont réellement été aux dates auxquelles ils se rapportent.

Dix, composent l'ensemble de l'*avoir*, et forment une somme de 930 fr.

Le moindre d'entre eux, l'à-compte de 30 fr., du 18 juillet 1855, est peut-être le plus significatif.

Longtemps avant cette époque, M. de Chambry avait déjà payé la fille Legay par fractions de cette quotité. La lettre suivante en est une preuve.

8 septembre 1847.

Il était inutile de m'envoyer une lettre pour *les 30 fr.* que je vous ai envoyés en *février dernier* ; je m'en rapporte bien à vous à cet égard.

— 7e lettre, 2e liasse. —

Qu'est-ce à dire ? à quoi ces 30 fr. avaient-ils rapport ? Par suite de quelle obligation étaient-ils dûs ? La fille Legay a refusé de le faire connaître dans son interrogatoire, quand on le lui a demandé, au sujet de la même somme payée par M. de Chambry, le 18 juillet 1855, mais il est permis de le conjecturer surement.

D'abord, en 1849, M. de Chambry ne lui devait (ainsi qu'on l'a vu, par l'exiguité alors des ressources de cette fille), que la créance hypothécaire de 1300 fr. en date du 15 *février* 1838.

Ensuite, les 30 fr. rappelés dans la lettre ci-dessus, du 7 septembre 1847, avaient été acquittés en *février* de la même année, mois correspondant à celui dans lequel l'obligation avait été primitivement souscrite.

Ils devaient donc composer un semestre des intérêts des 1300 fr.; soit, que les 2 fr. 50 d'excédent d'intérêts fussent négligés, pour procéder par un chiffre rond, soit, qu'ils dûssent être joints à l'autre semestre.

Les lettres suivantes de M. de Chambry à la fille Legay, fortifient cette opinion.

5 juillet 1855.

Un de ces jours, je vous ferai passer les 30 fr. que vous désirez.

— 5e liasse, lettre 19. — No 163. —

17 juillet 1855.

Ma bonne Elisabeth,

Demain je mettrai au chemin de fer une boîte qui renferme 30 fr. pour vous, et une lettre à l'adresse de M. Auger, je vous la recommande, elle contient des valeurs (1), et je vous prie de la lui faire remettre de suite.

— 2e liasse, lettre 7e. —

On le voit, M. de Chambry distinguait soigneusement les 30 fr. du restant des valeurs, quoi qu'adressant le tout à la même personne, et dans une seule boîte ; il expliquait la destination de chacune des deux choses, l'une pour la fille Legay, l'autre pour Me Auger.

Or, dans le compte, figurent en capital, deux créances corrélatives aux 30 fr. et aux 100 fr. : or, de même, que ces derniers représentaient un à-compte sur les intérêts de la créance de 7,700 fr. ; de même, les 30 fr., figuraient un à-compte sur les intérêts de la créance de 1,300 fr.

Cette ancienne créance hypothécaire, constituée par feu madame de Chambry, à la fille Legay, ainsi qu'on l'a vu, était incontestablement, la propriété légitime et exclusive de celle-ci, aucune raison ne pouvait la porter à en faire profiter d'autres qu'elle-même ; elle en touchait donc seule les intérêts ; c'était aussi pour cette cause, que M. de Chambry avait l'habitude de lui adresser, sans doute, à chaque semestre, la somme de 30 fr. *pour elle*.

Mais la créance de 7,700 fr. avait une tout autre origine ; elle était le fruit illicite des soustractions commises par la fille Legay aux dépens de madame Lancelevée, au su de Me Auger et de la seconde

(1) C'était la somme de 100 fr. portée le lendemain à l'avoir du compte ci-dessus.

servante de cette dame, la veuve Dévreux ; l'un et l'autre avaient colludé avec elle; celle-ci, pour se faire passer aux yeux de M. de Chambry comme bailleresse de fonds, d'une somme qu'elle n'avait pas fournie ; Me Auger, en simulant aussi une créance indéterminée de plus de 1800 fr, et des menaces de poursuites, pour effrayer M. de Chambry, et obtenir plus tôt le remboursement de sa dette. Ces services méritaient récompense. De là, le partage, dont en décomposant le compte on obtient le tableau suivant :

La fille Legay, touchait, en 1854, par fractions égales de cent fr. les 3 juin, 18, 20 septembre et 21 octobre, la somme de 400 fr.

Puis, l'année suivante, venait le tour de Me Auger, qui touchait aussi 400
en quatre fractions égales, les 18 juillet, 18 août, 20 septembre et 21 novembre 1855.

La fille Dévreux, recevait 100
le 12 novembre 1855. (1)

Pour les 30 fr. du 18 juillet, même année, c'était chose particulière à la fille Legay, et en dehors de la masse commune, ci 30

Total. . . . . 930 fr.

Telle était, par suite du plus touchant accord, la distribution également faite entre les associés, des à-compte versés par M. de Chambry sur les intérêts de la créance de 7,700 fr., et nécessairement elle se serait continuée dans les mêmes proportions, pour les intérêts ultérieurs, et pour le capital, lors de son remboursement qu'Auger et compagnie aspiraient à obtenir le plus tôt possible.

(1) Lesquels, joints aux 300 fr. par elle touchés (comme il résulte de la lettre de M. de Chambry en date du 1er octobre 1854, rapportée *suprà*, page 42, et notamment de la 29e réponse de l'interrogatoire de la fille Legay) formaient également 400 fr. pour sa part.

TITRE XIII.

Action judiciaire des légataires universels de Madame veuve Lancelevée.

Exploit d'assignation en date du 24 décembre 1857 contre la fille Legay, Me Auger et la veuve Dévreux.

Attendu que Flore Legay, domestique de madame veuve Lancelevée, du vivant de celle-ci s'est rendue coupable de vols et d'abus de confiance à son préjudice, pour lesquels elle a été récemment condamnée en quatre ans de prison par arrêt définitif de la cour d'assises du département de l'Eure, vainement attaqué en cassation, où a été rejeté, il y a quelques jours, le pourvoi dont il avait été l'objet.

Att. que réparation civile est due aux requérants, légataires universels de la défunte, de ces vols et abus de confiance exercés sur la plus notable partie de sa fortune mobilière, composée de meubles meublants et de capitaux importants.

Att. que Me Auger, après s'être constitué, ou plutôt imposé comme gérant et mandataire de madame veuve Lancelevée, à la place de celui choisi convenablement par la famille de cette dernière, à cause de son état physique et mental qui la rendait incapable de toute administration, et alors qu'elle venait d'être appelée à recueillir une partie de la succession de la demoiselle Anastasie Frigard, sa cousine germaine, décédée en démence et interdite, que Me Auger, abusant du grand âge et de la faiblesse d'esprit de cette dame, a singulièrement négligé ses intérêts, pour ne songer qu'aux siens propres, et à ceux de Flore Legay.

Att. qu'il a encaissé tous les revenus et tous les capitaux de madame veuve Lancelevée, notamment ceux à elle provenus de la succession de la demoiselle Anastasie Frigard, c'est-à-dire plus de 50,000 francs, sans en avoir rendu réellement aucun compte.

Att. que les nombreuses procurations et les nombreuses décharges qu'il s'est fait donner par madame veuve Lancelevée, devant Me Durand, notaire à Pont-de-l'Arche, n'ont été qu'autant de moyens indirects de masquer ses opérations irrégulières de comptable, et n'ont eu, quant auxdites décharges, qu'un caractère purement fictif.

Att. que Me Auger a vainement excipé ailleurs, soit de prétendus dons manuels de madame veuve Lancelevée, soit de prétendus frais payés à Mᵉ Cheuret, notaire, soit enfin de prétendus dépens et honoraires qui auraient été dûs à lui-même.

Att. qu'invité à rendre compte, et à donner des éclaircissements aux requérants sur sa conduite, il s'y est obstinément refusé, malgré que les convenances, son titre d'huissier et sa position particulière lui fissent un strict devoir de déférer avec empressement à cette invitation.

Att. qu'il a commis plus qu'une faute lourde, en remettant à Flore Legay une assez grande partie de l'argent de madame veuve Lancelevée, sachant l'abus qu'elle en faisait.

Att. que si la famille de cette dame, trompée par les apparences d'un certain dévouement à sa personne et les dehors d'une fausse piété, a pu, dans sa confiance aveugle, se méprendre sur les allures de Flore Legay, il en a été tout autrement de Mᵉ Auger, habitant sur les lieux, initié à toutes les affaires de la défunte, et fréquentant journellement sa maison.

Att. qu'il a si peu ignoré les dilapidations par elle commises, aux dépens de sa vieille maîtresse en enfance, qu'il était son *factotum*, et s'occupait du placement des capitaux, fruit des détournements criminels qu'elle commettait.

Att. que c'est ainsi qu'il avait arrêté son compte d'une somme de 7,700 francs, le 18 novembre 1852, avec un sieur de Chambry, demeurant à Neuilly, aux mains duquel elle avait placé à intérêts et caché cette somme détournée.

Att. que très-certainement, cette sollicitude et ces soins officieux de Mᵉ Auger pour Flore Legay, ne devaient pas être et n'étaient pas désintéressés.

Att. qu'ils contrastaient d'une manière scandaleuse, avec le délaissement et l'abandon, par lui, des intérêts sacrés de sa mandante officielle.

Att. qu'il disposait de son argent, on pourrait dire pour lui-même, sous le nom de son frère.

Att. qu'il avait garde de le placer ou replacer sur hypothèque, quand il rentrait, comme le faisait de son temps, feu Mᵉ Delaporte, prédécesseur immédiat de Mᵉ Durand.

Att. qu'alors que sur un cahier informe, il inscrivait la recette des revenus et des intérêts d'un capital de 4,000 fr. prêté à M. Lehodey, le 26 octobre 1848, à cinq pour cent, par acte public, remboursé le 27 octobre 1852, ceux de 2,000 fr. dûs par M. Justin qui, contre son gré et sur d'instantes demandes, en rendit 1,000 fr., et ceux d'un capital indéterminé aux mains d'un sieur Auger, sans désignation particulière; il y omettait avec intention une foule d'autres sommes importantes, notamment celles provenant de la succession de la demoiselle Anastasie Frigard, et y affectait mystérieusement de laisser dans le vague le taux des intérêts Auger, quand il précisait les autres, et cela, pour cacher l'importance du numéraire resté aux mains de ce personnage équivoque.

Att. que Flore Legay n'eut jamais pu se livrer aux spoliations par elle commises, si la conduite inqualifiable de Mᵉ Auger ne lui en eut facilité les moyens, au milieu de l'entier oubli et de la négligence excessive, pour ne pas dire plus, des intérêts de madame Lancelevée.

Att. que l'on serait fondé même, à le soupçonner d'une sorte de complicité avec cette domestique infidèle, non seulement d'après ce qui vient d'être exposé, mais encore d'après ce qui a suivi.

Att. qu'au décès de madame Lancelevée, on l'a vu à l'inventaire se présenter et agir dans son intérêt, contre les requérants, qui semblaient ne pas être à ses yeux les héritiers de la mandante, dont il avait eu aux mains, pendant quinze ans la fortune à régir, à son si grand avantage, mais rien que des étrangers.

Att. qu'on l'a vu ensuite, au début du procès criminel, et pendant tout son cours, même depuis, lui donner des marques publiques de la plus vive sympathie, jusqu'à la conduire dans sa voiture, en compagnie de gendarmes, à la maison d'arrêt de Louviers, et à la maison d'arrêt d'Évreux, l'y visiter assiduement, et lui donner des conseils, démarches que, par prudence et pudeur, il n'eut pas fait s'il eut été mû par un mobile légitime, mais dictées par l'intérêt d'obtenir en la soutenant, son silence sur beaucoup de choses dont la non révélation lui importait, et s'il était possible, de la soustraire à une condamnation dont il prévoyait pour elle et pour lui-même les conséquences actuelles, quant aux dommages-intérêts.

Att. que le titre d'exécuteur testamentaire invoqué de sa part et les prétendus testaments olographes des 15 avril et 8 mai 1852, dont il se prévaut, de concert avec les domestiques Flore Legay et la veuve Dévreux, ne sont qu'autant d'artifices nouveaux employés pour le succès de leurs machinations; vu l'état matériel informe de ces actes frappés de réprobation à leur seul aspect.

Att. qu'il est visible que les adversaires se sont proposé d'achever ainsi, dans leur intérêt commun, la ruine de la fortune mobilière de madame veuve Lancelevée.

Att. que le soin pris par les servantes deshonnêtes de cette dame, quand elle était prête à rendre le dernier soupir, d'encombrer leurs chambres, en vidant la sienne, pour essayer ensuite, sous le titre prémédité de *chambres complètes*, d'usurper la meilleure et la plus belle portion des meubles meublants de la succession, justifie la fraude alléguée.

Att. qu'il en est de même de la supposition incroyable que la défunte aurait accordé sa confiance à un huissier, M° Auger, par préférence à ses proches parents, aux héritiers de son choix, qu'elle avait toujours tendrement affectionnés, et qui n'avaient jamais démérité de son amitié, de son estime et de sa confiance, préférence injurieuse, dont elle était certes incapable.

Att. qu'il faut en dire autant des éloges ridiculement dérisoires, mis dans sa bouche, et de la récompense dont on lui aurait prêté l'idée, au sujet de l'excellente administration de ses affaires, par M° Auger, qu'elle aurait voulu généreusement en gratifier, par esprit de justice.

Att. tout simplement, qu'il ne cherchait par là, lui et ses affidées, qu'à ne lâcher leur proie que le plus tard possible, et quand ils auraient tout dévoré.

Att. qu'ils ne peuvent pas plus se prévaloir de ces prétendus testaments, dont les requérants persistent à ne pas reconnaître les écritures et les signatures, pour émaner de leur auteur, que M° Auger ne peut user des décharges simulées, fictives et frauduleuses qu'il invoque.

Att. d'ailleurs que ces testaments (ce qu'on conteste), fussent-ils de la défunte, les legs qu'ils renferment seraient nuls, aux termes des articles 955 et 1046 du Code Napoléon.

Att. qu'ils seraient encore nuls sous un autre rapport, madame veuve Lancelevée morte à 86 ans et 8 mois, étant, depuis plusieurs années, pire encore que n'avait été sa mère, dans les derniers temps de son existence, presque comme se trouvait sa cousine germaine, la demoiselle Anastasie Frigard, interdite, c'est-à-dire gravement malade au physique et au moral, et non saine d'esprit (art. 901 C. Nap.)

Par ces motifs :

Condamner M° Auger, sous contrainte de 5,000 fr., à rendre compte de l'administration qu'il a eue de la fortune de madame Lancelevée ;

Le condamner avec Flore Legay, solidairement et par corps, en 50,000 fr. de dommages-intérêts ;

Donner acte aux requérants de ce qu'il réitèrent leurs protestations contre les deux prétendus testaments olographes des 15 avril et 8 mai 1852, dont ils ne reconnaissent point les écritures et signatures pour celles de leur auteur.

En conséquence, rejeter les prétendues qualités d'exécuteur testamentaire et de légataires, prises par Me Auger, Flore Legay et la veuve Dévreux.

Très subsidiairement, et dans le cas où, contre toute attente et toute vraisemblance comme toute vérite, ces actes seraient reconnus pour ceux de la défunte, les déclarer nuls, aux termes des articles 955 et 1046; plus subsidiairement, aux termes de l'article 901 du Code Napoléon.

Condamner les défendeurs solidairement aux dépens, sous toutes réserves et protestations, et sauf à autrement et plus amplement conclure, notamment sous les réserves les plus expresses de toutes actions disciplinaires et en responsabilité contre qui de droit. Dont acte.

Exploit d'assignation, en date du 26 décembre 1856, contre Me Durand notaire.

Attendu *en droit*, que les fonctions de notaire ne se réduisent pas au rôle purement neutre et passif d'un agent instrumentaire donnant simplement l'authenticité aux actes par lui reçus; que sa mission, plus digne et plus noble, le constitue surtout le conseil et le défenseur de ses clients, chargé de les éclairer et de les protéger en tout ce qui regarde leurs intérêts, principalement les personnes faibles d'esprit, sans expérience des affaires et ignorantes.

Att. que cette obligation est d'autant plus étroite, que le notaire par son titre seul, commande la confiance et qu'il jouit d'un privilége d'après lequel on est forcé de s'adresser à lui.

Att. donc qu'il est responsable chaque fois qu'il s'écarte de ce devoir sacré.

Vu à cet égard la loi organique du notariat, les art. 1383 et 1384 du Code Napoléon et la jurisprudence.

Attendu *en fait*, que Mr Durand a reçu au nom de madame veuve Lancelevée, propriétaire, morte à Pont-de-l'Arche à l'âge de 86 ans 8 mois, quatre procurations et cinq décharges dont l'analyse se trouve dans le présent recueil de pièces justificatives.

Att. que ces malheureux pouvoirs et *quitus*, principalement les derniers *au nom-*

bre de cinq et en termes *suspects*, ont eu pour conséquence la ruine presque totale de la fortune importante en capitaux, de madame veuve Lancelevée.

Att. qu'ils lui ont été surpris et sont le fruit de la simulation et de la fraude.

Att. que cette surprise était facile de la part d'un homme d'affaires habile, à l'égard d'une très vieille femme décrépite par l'âge et les infirmités, tombée dans un état voisin de la démence, à l'exemple de sa mère dans les dernières années de sa vie, et de sa cousine germaine, la demoiselle Anastasie Frigard interdite pour imbécillité, état précédé d'une maladie noire dont madame veuve Lancelevée avait éprouvé plusieurs fois les atteintes dans les vingt ans antérieurs.

Att. que lesdits quitus n'avaient rien de sérieux, et qu'en réalité aucuns comptes ne les avaient précédés ou accompagnés.

Att. que purement fictifs, ils n'eussent constitué, dans la supposition de toute absence de fraude, que des avantages gratuits, indirects, masqués sous une forme trompeuse et obtenus d'une personne n'étant pas saine d'esprit et partant encore nuls, sous ce nouveau rapport (art. 901 du Code Napoléon).

Att. que cette dame, qui ne pouvant se défendre elle-même, eût eu tant besoin de la protection d'autrui, et qui eût dû en trouver une si salutaire et si grande en Me Durand, en a été absolument privée de sa part.

Att. que non seulement il n'a rien fait pour prévenir et empêcher les actes désastreux qui ont eu lieu, mais encore il n'a pris aucune des précautions que la prudence la plus vulgaire suggérerait en pareil cas.

Att. que c'est ainsi qu'il a eu garde de s'enquérir des dépôts, de leur date, taux et nombre, et des époques des prétendues restitutions dont ils auraient été l'objet, les enveloppant confusément dans une énonciation vague de remises, très-appropriée au système de fraude du dépositaire.

Att. que c'est encore ainsi, qu'il s'est abstenu d'exiger la représentation d'états de situation en recettes et dépenses, et de pièces justificatives, indispensables en fait de décharges sincères et sérieuses, mais qu'il a employé au contraire, en les stylant des termes absolus et généraux sous lesquels devait plus tard chercher à s'abriter impunément la mauvaise foi.

Att. que la multiplicité même des actes et la position critique de la personne de qui on se les procurait si facilement, eussent dû provoquer pour elle, la vive sollicitude de Me Durand, à la place de sa froide indifférence.

Att. que cette indifférence pour les intérêts de la défunte et pour ceux des requérants ses proches parents et ses légataires universels, a acquis une signification plus marquée des témoignages de sympathie de sa part, depuis le décès, pour Me Auger et Flore Legay.

Att. donc que la responsabilité de Me Durand, notaire, est hautement engagée.

Par ces motifs que ledit Me Durand sera condamné solidairement avec Me Auger huissier et autres, aux trente mille francs de dommages intérêts conclus contre eux et aux dépens.

Sous toutes réserves et protestations dont acte autant du présent audit Me Durand, avec déclaration que les requérants s'opposent expressément à ce qu'il se désaisisse envers Flore Legay ou autres, des papiers et titres dont il a été constitué dépositaire par l'inventaire dressé après la mort de madame veuve Lancelevée.

C.-T. PAYSAN-LAFOSSE.

H.-E. PAYSAN-LAFOSSE.

C.-B. PAYSAN-LAFOSSE.

H. JUSTIN.

Me HÉBERT-DESROCQUETTES, AVOCAT.

Me MOREL, AVOUÉ.

TABLE.

Louviers, typ. de Mlle Boussard et Frère.

www.ingramcontent.com/pod-product-compliance
Lightning Source LLC
Chambersburg PA
CBHW061647180626
46818CB00003B/996

* 9 7 8 2 0 1 3 0 1 1 3 2 7 *